사물의
글쓰기

사물의 글쓰기

발행일 2024년 2월 26일

지은이 김효진, 백란현, 서한나, 이선희, 이정화, 정은주, 최경희, 최주선, 홍혜숙, 황현정
펴낸이 손형국
펴낸곳 (주)북랩
편집인 선일영 편집 김은수, 배진용, 김다빈, 김부경
디자인 이현수, 김민하, 임진형, 안유경, 한수희 제작 박기성, 구성우, 이창영, 배상진
마케팅 김회란, 박진관
출판등록 2004. 12. 1(제2012-000051호)
주소 서울특별시 금천구 가산디지털 1로 168, 우림라이온스밸리 B동 B113~114호, C동 B101호
홈페이지 www.book.co.kr
전화번호 (02)2026-5777 팩스 (02)3159-9637

ISBN 979-11-93716-86-1 03810 (종이책) 979-11-93716-87-8 05810 (전자책)

힘든 순간
위로와 힘을 주는
사물 이야기

사물의 글쓰기

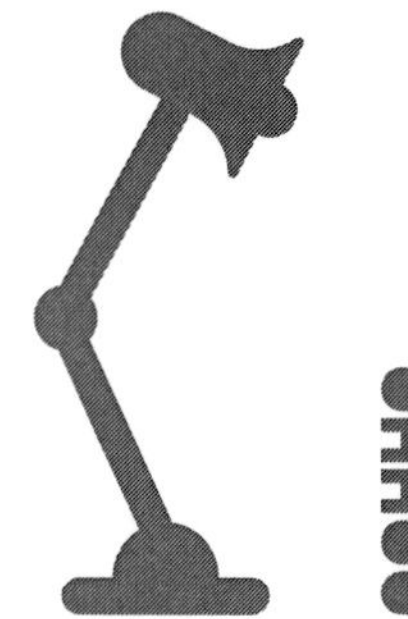

김효진 · 백란현 · 서한나 · 이선희 · 이정화 ·
정은주 · 최경희 · 최주선 · 홍혜숙 · 황현정 공저

아끼는 물건 하나만 있어도 인생은 살 만한 것!

10명의 라이팅 코치가 펼치는

일상 속 감동으로 당신을 초대한다!

북랩

들어가는 글

연말정산을 했다. 도서·공연비와 대중교통비를 보고 놀랐다. 작년보다 두 배쯤 늘었다. 나는 김해에 살지만, 작가들과 만날 수 있는 잠실 교보문고에 자주 간다. 매달 출간되는 자이언트 작가들의 책도 구매한다. 서류에서 확인된 금액엔 자이언트 관련 책값과 교통비만 포함된 것은 아니다. 그만큼 책을 좋아하고 사람과의 만남을 즐긴다. 나를 성장하게 만드는 자기 계발비라고 생각하기 때문에 아깝지 않다. 책이 명품이다. 그 외엔 명품 브랜드를 모른다. 쿠팡에서 5만 원에 파는 가방을 사는 데 얼마나 많은 고민을 했는지 시간이 아까울 정도였다.

'사물의 글쓰기'라는 주제를 받고 '책'에 대한 내용은 반드시 넣어야겠다고 결정했다. 그 외엔 어떤 물건을 선별(?)해야 하나 고민이 시작되었다. 스마트폰 갤러리를 열었다. 사진을 한 장씩 넘겨보았다. 지워도 될 만한 사진이 수십 장 보였다. 그중에는 미니멀 라이프를 실천하겠다면서 버리기로 마음먹었던 물건 사진도 보였다. 마음만 먹었다. 내 옆에 그 물건이 고스란히 남아 있는 걸 보니 말이다. 왜 그랬을까. 이유는 물건 속에 사람과의 추억이 보이기 때문이다.

폴더별로 정리되지 않은, 2만 장이 넘는 사진 중에서 세 개의 물건을 고르는 게 쉽지 않았다. 물건보다 사람 사진이 많았다. 아! 사물을 쓰라는 말은 결국 사물과 관련된 사람 이야기를 쓰라는 말이구나 하는 생각이 들었다.

공저 제목과 목차를 확인했을 때는 기억나는 물건도, 물건에 얽힌 사람도 생각나지 않았지만 스마트폰 덕분에 길이 보이는 것 같았다. 아마 같은 책이 시리즈로 나온다면 물건에 관해 뭘 쓰지 고민하면서 열어보았던 스마트폰이 새로운 글감이자 에피소드가 되지 않을까 싶다.

사물 관련 글은 어린아이에게도 도전해보라고 권하고 싶은, 매력적인 주제다. 남녀노소 누구나 공감할 이야기가 쏟아지기 때문이다. 물건이 사람을 연결해주고 추억도 기억나게 해준다. 라이팅 코치 공저자들과 원고 진행 과정에 대해 이야기를 나누면서 우리가 선택한 물건도 다양하다는 사실을 확인했다.

원고를 읽고 취합하는 서기 역할을 맡았다. 코치들이 글로 쓴 물건에서 잊고 있었던 경험도 떠올랐다. 나는 글감으로 선택하지 않았던 물건이지만 이 책 덕분에 새로운 글 한 편을 구상할 수 있었다. 그래서 다시금 공저의 매력에 빠진다. 서로 아이디어를 공유하지만 공저자만의 경험과 문체가 보이는 또 다른 글을 구상할 수 있기 때문이다.

이 책 『사물의 글쓰기』는 네 장으로 구성되어 있다. 1장 「나는 견딜 수 있었다」에서는 힘든 시기에 버틸 수 있게 해준 '무엇'에 대하여 썼다. 사물을 통해 과거에 있었던 어려움을 독자 앞에서 고백하게 되었다. 2

장 「소중한 순간이 있었다」에서는 생각만 해도 가슴 벅차오르는 '무엇'에 대하여 보여준다. 1장과 2장을 쓰면서 힘든 일도, 가슴 벅차오르는 경험도 조화롭게 채워지는 삶이 인생이구나 생각하게 되었다. 3장 「내가 좋아하는 것들」에서는 자신이 좋아하고 아끼는 '무엇'에 대하여, 4장 「그 사람이 그리워진다」에서는 누군가를 떠올리게 하는 '무엇'에 대하여 나열하였다.

사물과 관련된 사람을 떠올리며 울고 웃었던 집필 과정이 성장의 자양분이 되었다. 이러한 경험이 다른 사람의 희로애락에 공감할 수 있는 그릇이 될 터다. 쓰기 전보다는 쓰는 과정과 쓴 후 자신의 글을 다시 읽는 과정에서 라이팅 코치들은 성장했다.

라이팅 코치 공저자와 직접 만나서 저자 사인을 받는다고 가정해보자. 분명 열 명의 코치들은 앞에 앉은 독자에게 권할 것이다. 당신도 이렇게 한 편의 글을 써보라고. 우리가 썼으니 당신도 쓸 수 있다고. 40개 글을 읽으면서 떠오르는 사물과 사람에 대해 책 여백에 끄적여보길 권한다. 메모가 독자를 매일 쓰는 작가로 만들어준다. 책을 통해 자신만의 경험 콘텐츠가 생산된다고 확신한다.

라이팅 코치는 어떤 주제를 정하더라도 능숙하게 글로 풀어내야 한다. 이번 공저 진행을 통해 완벽하다고는 할 수 없지만 네 편을 쓴 경험치만큼 독자와 수강생에게 글 쓰도록 안내할 수 있겠다는 자신감이 생겼다.

주제와 콘셉트를 기획한 이은대 대표의 아이디어에 감탄한다. 라이팅 코치가 쓴 책을 읽고 나도 한번 써봤다는 리뷰가 인터넷 서점에 올라온다면 베스트셀러 저자가 된 것처럼 벅찰 것 같다.

우리 함께 쓰자!

2024년 2월

자이언트 인증 라이팅 코치

백란현

차 례

제2장 소중한 순간이 있었다

제3장

내가 좋아하는 것들

제4장

그 사람이 그리워진다

제1장

나는 견딜 수 있었다

01 둘도 없는 소중한 친구

- 김효진

어떤 사람이든 견디기 힘든 고통이 찾아오면 도망치고 싶은 마음이 생기기 마련이다. 정신 줄 제대로 붙잡고 헤쳐나가려면 잠시라도 멈추고 숨을 고를 피난처가 필요하다. 이 피난처는 어디든, 혹은 무엇이든 될 수 있다. 나에게는 책이 그 피난처가 되어주었다.

부모님이 운영하던 가게는 작은 시골 한복판에 자리한 오래된 구멍가게였다. 마을 중앙을 가로질러 버스가 다녔다. 가게 옆에는 버스 정류장이 있었는데, 동네 사람들이 시내로 나가려면 꼭 거쳐야 하는 장소다. 중학교 수업이 마치는 시간이면 많은 아이들이 버스를 타려고 가게 앞에 모여든다. 가게에는 버스가 오는지 확인할 수 있는 창문이 하나 있었다. 안에서 무슨 일이 일어나는지도 훤히 보인다. 나 혼자 가게를 지키는 모습, 부모님이 싸우는 모습, 동네 할아버지가 소주 한잔 쭉 마시고 동전 몇 개 놓고 나가는 모습까지 다 볼 수 있었다.

아빠의 화가 가게 안팎으로 퍼질 때마다 불안했다. 누가 볼지 걱정되고 창피했다. 사람들이 힐끗거리다 눈이 마주치는 것도 불편했다. 호기심 어린 눈빛, 측은한 눈빛, 또 싸우냐는 물음, 한심한 표정으로 소리 나는 쪽을 향하는 시선이 나를 움츠러들게 했다. 제발 아는 사람은 아무도 오지 않기를 바라고 기도했다. 사람들의 시선과 태도를 마주할 때마다 도망치고 싶었지만, 갈 곳은 없었다. 학교 끝나면 항상 그랬던 것처럼 가게로 향했다. 엄마가 다른 일을 할 동안 가게를 봤다. 손님이 물건을 들고 오면 하나씩 계산하며 검은 봉지에 넣는다. 돈을 받고 거스름돈을 챙겨줬다. 가끔 계산을 잘못해서 두 번 세 번 다시 계산한 날도 있었다. 손님 눈치를 살피느라 자꾸 얼마였는지 까먹었기 때문이다.

어느 날 가게에 친구가 들어왔다. 아빠의 고함이 가게 안까지 크게 울리던 중이었기 때문에 반가움보다 창피한 마음이 들었다. 아마 친구 귀에도 아빠 목소리가 닿았을 것이다. 얼굴이 화끈거리고 손에 땀이 나기 시작했다. 심장이 쿵쾅거렸다. 이런 경험이 여러 번 있었지만, 그럴 때마다 나는 눈물이 났다. 고개를 푹 숙였다. 가게 안 쪽방 문지방에 앉아 돈 통을 뚫어져라 쳐다보고만 있었다. 우는 것을 들킬까 봐 소매로 눈물을 닦지도 못했다. 그저 녹색 돈 통 옆에 놓여 있던 책을 집어 들어 아무 데나 펼쳤다. 엄마가 읽던 책이었다. 친구가 과자 하나 들고 계산하러 나에게 다가오는 것이 느껴졌다. 고개를 슬쩍 들고 손을 내밀었다. 다행히 거스름돈은 주지 않아도 되었다. 친구도 말없이 가게 문을 열고 나갔다. 멈췄던 숨을 내쉼과 동시에 눈물이 후두둑 안경을 스쳐 책 위로 떨어졌다.

떨어진 눈물을 옷으로 쓱쓱 닦았다. 그제야 책이 눈에 들어왔다. 동네에 하나 있던 책방 스티커가 붙어 있었다. 제목이 『금잔화』였다. 작가 이름은 경요. 얇고 글씨가 컸던 학급문고와는 느낌이 달랐다. 두께가 두 배도 넘었다. 그림 하나 없이 글씨는 작고 빽빽했다. 표지에 꽃 여러 송이가 그려져 있었고, '첫사랑'이라는 단어가 적혀 있었다. 아빠의 화난 목소리가 어딘가에서 들려오고 있었지만, 습관처럼 문장을 읽고 말았다. 사랑에 관한 이야기를 읽으며 나는 현실에서 벗어나 책에 빠져들었다. 학생 필독서를 많이 읽었지만, 『금잔화』는 전혀 다른 세상이었다. 한창 짝사랑의 아픔에 가슴앓이하던 나는 '첫 키스'를 책으로 배웠다. 한 줄씩 읽으며 사랑을 배웠다. 심장이 두근거렸다. 얼굴이 붉어졌다. 주인공이 헤어질 땐 울었고, 다시 만날 땐 웃었다. 시간이 어떻게 흘러가는지도 모르고 책장을 넘겼다. 가끔 손님이 들어오고 나갔다. 아빠가 다시 일하러 나갔는지 엄마가 가게로 왔다. 책을 숨겨서 방으로 가져가 계속 읽었다. 왠지 숨겨야 할 것 같았다. 조금 야했다.

그 뒤로 자주 책방에 갔다. 책방 주인아줌마와 금세 친해져 대신 가게를 봐주고 공짜로 책을 읽었다. 다양한 장르의 책들로 가득 차 있었고, 매일 새로운 책을 발견했다. 마치 꺼내도 꺼내도 계속 나오는 선물세트 같았다. 그림이 예쁘게 그려져 눈을 뗄 수 없던 원수현의 『풀 하우스』, 이은혜의 『BLUE』, 이우혁의 『퇴마록』, 김진명의 『무궁화 꽃이 피었습니다』, 빨간 딱지 붙은 일본 만화책까지 종일 읽었다. 불 좀 끄라고 투덜거리는 동생 때문에 이불 속에서 손전등을 켜고 밤새 책을 읽었다. 친구와 싸워도 좋았다. 책 읽을 시간이 많아져서 신이 났다. 두리번거리다 친구와 눈이라도 마주치면 화해하게 될까 봐 일부러 가만히 있었다. 쉬는 시간 자리에서 책만 읽었다. 바깥세상은 아무래도 상관없었다. 공부보다 책이 먼저였다. 만화책, 연애소설, 판타지, 역사소설, 추리소설까지 가리지 않고 다 읽었다.

시작은 오로지 위안이었다. 불안하고 두려웠던 마음과 부끄러운 감정까지, 책은 나를 현실에서 벗어나게 해주었다. 책 읽는 시간은 나를 자유롭게 했다.

고등학생이 되었다. 지치지도 않는지 부모님의 다툼은 멈추지 않았다. 이제 짧은 소설보다 긴 소설이 더 재미있었다. 조정래 작가의 『토지』를 읽고, 이은상 작가의 『거상 임상옥』과 『소설 동의보감』도 읽었다.

죽음에 대해 자주 생각했다. 아니, 죽고 싶었다. 뉴스에서 나오던 인터넷 자살 동호회는 내가 가입해 있던 카페였다. 쉬는 시간엔 책을 읽거나 옥상에 올라가 아래만 내려다보았다. 죽으면 고통이 끝난다고 생각했다. 그때 베르나르 베르베르의 『타나토노트』를 읽었다. 죽음과 사후세계에 관한 책이었다. 죽으면 끝이 아니라고 귀띔해주었다.

졸업하면서 선생님께 감사의 마음을 책으로 전했다. 좋아하던 선배에겐 떨리는 마음 대신 시집을 선물했다. 신혼이 지나고 아이를 가졌을 땐 임산부 요가 책을 사고, 아이가 열이 40도가 넘어갈 땐 노란 표지의 육아 백서를 읽었다. 손님이 오면 요리 책을 뒤적였다. 영성에 관한 책을 한참 보다가 이제는 자기 계발서를 읽는다.

도망치고 싶을 땐 나를 안아주었고, 부끄러운 시간에는 이해하고 위로해주고, 내가 나를 받아들이지 않을 때조차 나를 받아주었다. 죽고 싶었을 때 나를 멈춰주었다. 아무도 알아주지 않던 수많은 순간에 공감해주었다. 책은 나에게 삶의 안내자였고 고민에 대한 조언자였으며 함께 길을 걷는 동반자였다. 피난처인 줄로만 알았던 책은 둘도 없는 소중한 친구였다.

02 교실 속 내 자리 교탁

- 백란현

압류 딱지가 붙었다. 나가야 할 돈은 늘어났지만 채우지 못했다. 수입과 지출이 정리되지 않았던 가계부에 문제가 생겼다. 빚을 가지고 사회생활을 시작했다. 월급이 나오면 해결될 것 같았지만 그렇지 않았다. 학자금 대출도 상환해야 했다. 발령받은 후 대학생 룸메이트에게 빌린 돈을 갚지 못해 내용증명 우편도 받았다. 돈이 얽히면 인간관계도 끝이라는 것을 스물다섯에 배웠다. 대학 생활도 빚, 결혼도 빚이었다.

방법을 찾기 시작했다. 더 이상 빚을 빚으로 갚는 것은 의미가 없었다. 버는 건 한계가 있었고 첫딸 희수도 키워야 했다. 원룸에서 임대아파트로 이사하면서도 목돈을 썼다. 다른 아파트에 비해 보증금이 크지 않았지만 빚은 늘었다. 카드는 연체되었다. 현금으로 생활하기 시작했다.

가족 모두 외출한 사이 절차를 밟으러 온 모양이다. 딱지 붙이러 온 사람과 마주치지 않아서 다행이었다.

"가장 비싼 공기청정기는 안 붙이고 갔네. 렌탈로 알았나 봐."

딱지 보고 심각해할까 봐 남편과 나는 서로 농담을 주고받았다. 가정 경제가 힘들었던 이유는 다양했다. 주된 이유는 결혼을 빨리해서

다. 학생이었던 남편과의 결혼, 교사로 발령받은 나.

카드사별 추심 전화도 이어졌다. 2008년 12월 17일부터 2009년 3월 17일까지, 겨울방학을 보내면서 꼬박꼬박 전화를 받았다. 언제까지 입금하라는 말에 죄송하다는 말만 반복했다. 상환 약속을 지키지 않아 피해를 준 것이었기에 할 말 없었다. 경제에 대한 중압감이 컸던 시간이었다. 양가 도움 없이 결혼했고, 결혼한 이상 나의 살림에 대해 부모님이 걱정하게 만들고 싶지는 않았다. 게다가 아빠 심근경색 수술 등으로 인해 돈을 보태야 했다.

내가 해결할 수 있는 방법은 없었다. 우선 내게 주어진 일을 해내야 한다. 나의 경제 문제로 내 일에 영향을 줄 수 없었다. 연간 일정에 따라 학생들과 생활하던 나의 일터 학교는 힘든 시기에 나를 버티게 했다.

교탁 앞에 서면, 채무자도 아니고 가정 경제로 근심하는 아내도 아니다. 학교 안에서는 오롯이 내 상황을 배제하였다. 해야 할 일에만 집중하는 힘, 어쩌면 추심 전화 받았던 그때 훈련되었던 것 같다. 잠시 전화를 받긴 했어도 전화가 끊어지면 학생들과 활동하는 일에 푹 빠졌다. 선생님들 사이에서도 개인사 티 내지 않았다. 오직 업무가 우선이었고 수업이 중요했다. 겨울방학 때 집에 머물렀을 때보다는 학교 담임으로서 일에 몰입하고 있을 때 돈에 대한 걱정을 덜 했던 것 같다. 토요일과 일요일은 추심 전화가 없어서 안심했다. 학교에서 근무하는 시간에는 일에만 집중해서 전화벨에 놀라는 일도 줄었다.

2009년 3월 17일, 신용회복위원회 채무 조정 접수를 했다. 지금은 다를 수 있지만 그 당시에는 연체 기록 90일 또는 신용불량인 사람만

접수가 가능했다.

"접수되었습니다. 이 시간 이후로 추심 전화는 중단됩니다."

상담사 대답을 듣고 마음 놓았다. 그 후 신용회복위원회 채무 조정 결과 빚 원금을 8년 동안 매달 나누어 갚았다. 추심 전화가 매번 울렸던 연체 기간, 학교 그리고 내 앞의 교탁이 나를 지켰다.

서른일곱, 셋째 딸을 낳았다. 또다시 아기를 키워야 한다. 아기는 예쁘지만 부장으로 일에 몰두해오던 나는 주저앉은 기분이 들었다. 어린이집 하원 차량 시간에 쫓겨, 하던 일을 챙겨 퇴근하곤 했다. 3개월 된 아기를 품에 안고 다음 날 출근하는 시간까지 버텨야 했다. 날마다 밤은 길었다. 밤중 모유 수유와 기저귀 가는 일이 이어졌다. 세 아이 엄마인 나는 막내를 챙기느라 자다 깨기를 반복했다. 찌뿌둥한 몸을 이끌고, 동생 때문에 사랑을 빼앗긴 듯한 첫째와 둘째를 챙겨 학교로 향했다.

첫째와 둘째가 소속된 5학년과 1학년엔 배정받을 수 없어서 맡게 된 2학년 담임. 육아 시간을 위해서라도 수업 일찍 마치는 2학년 담임이 안성맞춤이다. 그러나 저학년 담임 업무는 육아의 연장선처럼 느껴졌다. 화장실 갈 겨를도 없이 매일 오전 시간을 보냈다. 아이들이 하교한 후에는 모유가 흘러 런닝이 젖은 상태에서 유축부터 했다. 천으로 몸을 감싸고 유축기를 작동시켰다. 그리고 숨을 고른다. 더 이상 말하지 않아도 되고 이리저리 왔다 갔다 하지 않아도 되는 내 교실, 그리고 내 책상. 2학년을 집으로 보낸 후 처리할 업무는 고학년 담임보다 많았다. 그래도 아이들은 하교했고, 아기 돌보는 시간은 아니니 잠시 믹스커피 두 봉지를 뜯어 컵에 부었다. 커피 향을 온전히 느낄 수 있는 학교 안에서의 시간이다. 학교는 나를 나답게 해준 곳이다.

학교 일이 육아보다 쉽다는 뜻은 아니다. 두 가지 일은 비교할 수 없다. 학생들이 하교한 교실 내 자리에서 커피를 마신다. 한숨 돌리고 업무를 이어간다. 애 볼래? 밭맬래? 하고 누가 물어본다면 밭맨다고 대답했다는 말이 떠오른다. 내가 그렇다. 내 일이 올려져 있는 교탁에서, 다음 날 수업을 준비하고 현장 체험학습 업무도 진행한다. 전교생 현장 체험학습을 기획, 추진하는 일이다. 간단하지는 않지만, 출산휴가 기간에 아기 옆에 붙어 있었던 나로서는 교탁에 올려진 업무를 이어가는 일이 충전 시간이라고 느꼈다.

육아휴직 없이 학교에서 21년째 일하고 있다. 지난 20년을 돌아봤을 때 경제적 어려움, 세 아이 육아 쉽지 않았다. 그러나 나는 버텼다. 내가 있어야 할 그 자리에서 일에 충실했다.

나에게 물어볼 것이 있어 전화하는 작가들은 대부분 이렇게 말한다. "바쁜데 전화했죠?" 학교 일과 작가 생활 다 어떻게 하냐고, 대단하다는 말까지 한다. 만약 출근할 수 없었다면 일상에서 종일 걱정하는 사람이었을 것 같다. 몸은 한가할지 몰라도 머릿속은 걱정거리를 만들고 있었을 터다.

출근해서는 학교 일에만 집중하고 퇴근해서는 일상과 작가 일을 챙긴다. 과거 돈 걱정과 육아 기간을 잘 넘긴 이유도 일할 때는 감정을 걷어냈기 때문이다. 신용불량자일 때부터 일에 내 감정을 섞지 않는 태도를 배웠다.

살다 보면 더 이상 버티기 힘들 정도로 코너에 몰릴 때가 있다. 감정을 추스를 수도 없고 모두 포기하고 싶어지기도 한다. 한 번만 더 자신에게 기회를 주자. 신은 견딜 수 있는 만큼의 고통만 준다 했으니.

03 필사로 보는 나

- 서한나

2021년 11월 말, 퇴사했다. 일로 만난 사람들과 사회적협동조합을 차렸다. 각자 직장을 다니던 상황이었다. 오후 6시까지는 직장인, 퇴근 후에는 사회적협동조합 운영진이었다. 시간과 체력은 한정적인데, 두 가지 일을 동시에 하기 어려웠다. 협동조합도 사업 확장을 위해 풀타임 근무자가 필요했다. 퇴사 후 전일제 근무로 협동조합 운영을 맡았다. 일한 지 칠 개월이 되었을 때, 몸이 유독 피곤했다. 점심을 먹고 자리에 앉아 있으면 졸음이 쏟아졌다. 나도 모르게 엎드려 자기를 몇 차례. 컨디션이 안 좋은 줄만 알았다. 알고 보니 임신이었다.

집은 부천이고 회사는 안양이었다. 대중교통으로 출퇴근하다 보니 두 시간 반 정도 걸렸다. 출근 시간 지하철 안은 발 디딜 틈이 없다. 내 의지로 갈 수 없다. 뒷사람에게 떠밀려 가게 된다. 초기라 배가 나온 것도 아니다. 임신한 티도 안 난다. 임산부석이 있어도, 누군가 앉아 있었다. 사람이 많아 임산부석으로 가기 어려울 때도 있었다. 입덧으로 속이 울렁거렸다. 입덧이 심할 때는 내려서 조금 쉬었다가 가기를 반복했다. 의사는 입덧이 가라앉아야 할 시기인데 증상이 심해지니, 입덧 약을 처방해줬다. 자기 전 입덧 약을 먹고 자면 다음 날은 입덧이 조금 덜했다.

출산휴가에 들어가는 시기, 복직 시기, 대체 근무자 등 회사 운영 문제를 의논해야 했다. 조합원들과 이야기를 나눴다. 서로 생각이 달랐다. 회사 미래가 달린 문제여서 의견을 모으기 어려웠다. 내 입장만 주장할 수는 없었다. 견해가 다를 수 있지만, 입장 차이로 인해 서운했다. 아쉽기도 했다. 이것저것 조율하기보다는 퇴사가 낫겠다고 생각했다. 업무 정리 기간을 가지고, 2022년 7월 말에 퇴사했다.

2022년 8월, 백수 생활 시작이다. 아이를 갖게 될 줄 몰랐다. 일을 그만두는 것도 마찬가지다. 일을 시작한 지 13년, 한 번도 쉰 적 없다. 네 번 이직할 때도 마찬가지였다. 전날까지 근무하고 다음 날 새로운 회사로 출근했다. 일을 쉬게 되는 때가 생기면 해보고 싶었던 것을 적은 휴식 버킷리스트도 있었다. 해외여행 가기, 카페 가서 멍 때리기, 종일 책 읽기 등 열 가지 정도였다. 막상 쉬게 된 지금, 버킷리스트는 별 의미가 없었다.

입덧으로 컨디션이 들쑥날쑥했다. 막상 하고 싶었던 일이 많았던 것과 달랐다. 집에만 있었다. 남편은 나가서 카페도 가고 돌아다니라고 했다. 코로나 상황이고, 어디를 가고 싶은 생각도 들지 않았다. 남편이 출근하고 나면 혼자다. 남편은 보통 밤 10시가 넘어야 집에 왔다. 누워만 있었다. 무엇을 해야겠다는 생각이 들지 않았다.

그렇게 며칠을 보내고, 책을 읽어야겠다고 생각했다. 책상 앞에 앉아 책을 펼쳤다. 다른 생각이 들어 책이 눈에 잘 들어오지 않았다. 같은 줄을 몇 번이고 소리 내서 읽어도 집중되지 않았다. 자리에서 일어나 방 안을 돌아다녔다. 컴퓨터를 켜서 웹서핑도 했다. 거실 소파로 가서 드러누웠다. 퇴사를 결정할 때 미처 말하지 못한 이야기들이 떠오른다. 앞으로 어떻게 살아야 할지 걱정이었다. 자격증을 취득하는 학과여서 대학 때부터 다른 일을 생각해본 적 없다. 이 직업을 유지할 수 있을지, 다시 회사에 다닐 수 있을지, 언제 다닐 수 있을지, 누가 아이를 키워줄지 등 여러 생각이 들었다. 호르몬 때문인지, 퇴사 때문인지 우울했다.

계속 우울하게 있을 수는 없었다. 바인더를 꺼내 연간 목표를 봤다. 필사에 관한 목표가 있었다. 연초에 한두 달 했다. 바빠서 우선순위에서 밀린 일이었다. 하다 말았던 필사 책을 꺼내 들었다. 필사했다. 할 수 없다는 생각에 집중하던 마음이 사라졌다. 앞으로 해야 할 것을 생각했다. 아이를 낳아서 어떻게 기를지, 아이를 기르는 동안 나는 어떤 것을 준비해야 할지, 다시 일할 방법 등 여러 아이디어가 떠올랐다. 생각나는 것을 적고 준비했다. 그렇게 시작한 필사가 지금까지 이어지고 있다. 1년 6개월째다. 아이를 낳은 날에도, 산후조리원에서도 매일 필사했다.

필사하면서 좋았던 점 세 가지를 소개한다.

첫째, 지금에 집중할 수 있다. 하루 중 집중해서 무언가를 하는 시간이 적다. 필사하려고 앉아서도 집중하지 못했다. 방해 요소도 많다. 휴대폰도 보고, 카톡도 확인하고, 갑자기 해야 할 일이 생각나 자리를 뜨기도 했다. 소리를 내어 읽으며 적었다. 한 글자씩 짚어가며 필사한다.

그러다 보니 집중이 잘됐다. 집중하기까지 걸리는 시간도 짧아졌다. 전에는 10분 정도가 걸렸다면, 지금은 2~3분 안에 집중하게 된다. 집중하니 책 내용도 잘 기억나고, 읽을 때 이해도 잘된다.

둘째, 나를 돌아보게 된다. 책을 읽고 쓰면서 내용을 나에게 빗대어 본다. 같은 상황을 겪은 적이 있는지, 책 내용에 대해 어떻게 생각하는지, 내용에 따라 해볼 수 있는 것은 무엇인지 등을 스스로 질문한다. 『내 영혼을 담은 인생의 사계절』을 필사하면서 퇴사하게 된 상황을 어떻게 받아들일지 생각했다. 지나간 일보다 지금이 더 중요하다는 것을 깨달았다. 나에게 도움 되지 않는 것에 집착하지 않는 계기가 됐다.

셋째, 마음에 담아두는 좋은 글귀가 생긴다. 같이 필사 모임을 하는 김휘정 선배 추천으로 10월부터 매일 잠언도 한 장씩 필사했다. 출산 전까지 네 번 필사했다. 무언가를 하거나 볼 때, 문득 잠언 필사 내용이 떠올랐다. '네 멋진 인생을 허비하지 마라', '마음을 열고 들으면 참말이 있다', '의미 있는 삶의 길을 걸어가라' 등 좋아하는 문장이 생겼다. 일상에서 문득 문장이 떠오른다. 좋은 문장이 마음을 붙잡아주었다.

내가 필사하는 방법을 소개한다. 필사할 책을 고를 때는 읽었던 책 중에서 고르는 게 좋다. 그래야 중간에 책 내용이 별로여서 포기하는 경우가 없다. 남들이 좋다고 추천해준 책이어도, 나에게 별로일 수 있다. 필사는 하루에 한 페이지 정도 한다. 많은 양을 하려고 욕심내다가 지친다. 부담되지 않는 선에서 적절한 분량을 정하면 된다. 적은 양이어도 꾸준히 하는 게 중요하다. 책을 필사할 때는 전체를 하기도 하고, 마음에 드는 문장만 골라서 초록을 작성하기도 한다. 나는 주로 책 전체를 필사한다. 먼저 눈으로 책을 한번 훑어본다. 책 내용을 베껴서 적는다. 중요하다고 생각되는 부분에 밑줄을 치거나 표시를 한다. 적은 내용 중 키워드를 뽑는다. 이해한 대로 내용을 적어본다. 떠오르는 아이디어가 있다면 함께 적는다. 필사하는 방법은 사람마다 다를 수 있다. 필사해보면서 자신에게 맞는 방법을 찾으면 된다.

답이 없는 걱정을 했다. 이제 더 이상 걱정하지 않는다. 지나간 일을 후회했다. 앞날을 기대하게 되었다. 필사하면서 내 생각이 확장되어가는 것을 느낀다. 지금 어디에 집중해야 할지, 어디에 에너지를 써야 할지를 구분하게 되었다. 내 마음을 밝혀주는 문장들이 있어서 힘이 된다. 좋은 문장을 읽고 쓰면서 나를 더 단단하게 만들어가고 싶다.

04 인생 책 한 권

- 이선희

어머님께 다가가 아침 인사를 드린다. 어머님은 눈도 마주치지 않는다. 이렇게 시작하는 것이 아침 일상이다. 남편과 함께 일했다. 어린이집에 두 아들 맡기고 아침이면 같이 나섰다. 회사에는 시어머님과 시동생이 있다. 집에 들어와서 살자고 해도 막무가내로 회사에 기거하겠다고 하는 두 사람이다. 어제 시장에서 사 온 반찬거리를 들고 출근한다. 아침부터 서두르기 시작한다. 남편은 성질 급하고 일밖에 모르는 사람이다. 회사에 기거하는 두 사람, 어머니와 시동생에게 미안한 마음을 갖고 있는 남편이다. 친절하지 않다. 함께 출근해서 두 분 표정을 살핀다. 별일이 없었나 보다. 안도의 숨을 쉰다. 부엌에서 일하고 있는 어머님께 다가가 안색을 살핀다.

기계 소리가 요란하다. 사출기가 서 있다. 시동생은 아침도 먹지 않고 기계 고치고 있다. 어머님이 그 앞에 서서 기다리고 계신다. 작은아들이 밥도 먹지 않고 일하는 것이 안타까워 발을 동동 구르는 어머니, 시동생은 고장 난 기계 앞에서 씩씩거리며 기계 고치고 있다. 다 고치기 전에는 절대 밥을 먹지 않는다.

'사출기는 플라스틱을 녹여 정량을 사출 금형 안으로 밀어 넣고 플라스틱이 굳으면 금형을 열어 제품을 꺼낼 수 있게 해주는 역할을 한다.'

- 네이버 어학사전

회사에 사출기가 다섯 대다. 이 기계, 수시로 고장 난다. 그것을 고쳐가며 일을 하는 것이 시동생의 몫이다. 남편은 거의 밖에서 업무 처리한다. 납품하거나 비즈니스로 사람 만나서 일거리 챙겨 오는 사람이다. 시동생은 기술이 좋다. 오랫동안 사출 회사에 다닌 사람이다. 그래서 일을 잘한다. 성격은 매우 급하다. 화나면 욕부터 시작한다. '열여덟', 가장 많이 찾는 욕이다. 기계가 고장 나면 고칠 때까지 붙들고 늘어진다. 안타까운 사람은 밥해놓고 시동생이 와서 밥 먹기를 기다리는 어머님이다. 두 사람의 눈치 살살 보며 하루살이처럼 오늘을 살아내는 사람, 나 이선희다. 둘 사이에 낀 나는 항시 살얼음판을 걷고 있다. 남편이 납품하러 가거나 자리 비우면 그 화가 고스란히 형수인 나에게 돌아온다.

욕하고 화내며 도와주는 두 사람 덕에 회사가 성장할 수 있었다. 자영업이다. 사출기 다섯 대 놓고 3차 밴드(거래처가 두 단계 거친 것)로 일하고 있다. 조금 더 큰 2차 밴드 회사의 사출 과장으로 있었던 남편이다. 사장님 배려로 그 회사와 협업할 수 있었다. 자화전자 김 사장님이 기계 두 대를 보증 서준 덕분에 사출 공장을 시작할 수 있었다. 무일푼으로 조그만 사출 회사를 차렸다. 이름은 신광전자. 두 대 사출기 값 1년 만에 갚을 수 있던 것도 바로 시어머님과 시동생이 화를 표출하며 일해준

덕택이다. 남편과 나 두 사람만으로는 공장을 운영할 수 없다. 일하는 분 주야 합쳐 네 사람이다. 우리 식구가 더 많다. 이렇게 가족이 힘을 합해 시작한 회사이다. 우리 가족의 일터이며 경제의 핵심이다.

그 시절 나는 회사 나가는 일이 싫었다. 두 사람 눈치 보는 것이 가장 힘들었다. 욕 얻어먹는 일이 무엇보다 두려웠다. 남편이 밖에 나가 늦게 돌아오면 겁이 난다. 오늘은 또 무슨 트집과 화풀이를 나에게 할 것인가. 이런 상황을 남편에게 전달이라도 할라치면 귀 막고 눈먼 사람처럼 다른 곳 보면서 딴소리한다. "내일은 더 일찍 출근한다. 준비해." 군대도 아닌데 수시로 본인 입장에서 '명령'한다.

지옥이 따로 없다. 어떻게 이 난국을 극복할 것인가. 나의 숙제이며 삶이었다. 책을 읽었다. 나보다 어렵고 고통스럽게 산 사람들 이야기가 있는 책이다. 두 아들 공부 도와주고 나면 11시다. 그 이후 오롯이 나 혼자 쓸 수 있는 시간이다. 남편은 12시 이전에 들어온 적이 거의 없다. 새벽에 신문과 비슷하게 들어오거나, 아니면 회사에서 기계 고치다 새우잠 자는 날이 허다하다.

그 시간에 엎드려 읽은 책이 서진규 작가의 책이다. 『희망의 증거가 되고 싶다』. 새벽이 되어도 덮지 않았다. 이 책에서 만난 문장 그리고 내용을 옮겨본다.

> '세상에서 가장 나쁜 것은 희망 없이 사는 막막함.' 여공들이 열심히 손을 놀려 가발을 엮으면서 합창했다. "눈물을 감추고 눈물을 감추고…" 노래 가사가 가슴에 사무쳤다. 나는 그때 겨우 열아홉 살이었다. 열아홉 푸르른 나

이에 가발을 엮으면서 넘치려는 눈물을 감추려 안간힘을 쓰고 있었다. 희망에, 꿈에 부풀어야 할 청춘, 나는 고독에, 좌절에 몸부림치고 있었다. 문득 내 모습이 너무도 한심해 보인다.

이렇게 고단한 모습이었던 서진규 작가, 가발 공장을 그만두고 미국으로 떠난다. 하버드대 대학원(국제외교사 동아시아언어학과)에서 박사학위 논문을 준비하고 있다. 숱한 곤경을 헤치며 성장하고 발전하는 삶을 마주한다. 1996년 소령으로 예편했다. 시동생과 어머니 그리고 남편이 자존감 흔들어놓을 때마다 이렇게 생각했다. '나보다 환경이 좋지 않은 서진규 작가도 살아내고 이겨냈는데 나라고 못 버틸까?' 일단 회사 내에서는 웃으면서 세 사람의 비위를 맞추었다. 어떤 말을 해도 감정이나 기분으로 끌어들이지 않으려고 노력했다. 서진규 작가처럼 희망을 가슴에 품게 되었다. 좋아질 것이다. 나아질 것이다. 내가 그렇게 되도록 삶을 바꿔볼 것이라는 작은 불씨가 가슴속에서 피어나고 있었다.

『한 줄 내공』이란 책을 보면 이런 문구가 적혀 있다. '이 한 문장으로 흔들리지 않는 법을 배웠다.' 예상치 못한 인생은 있다. 누구나 반드시 '벽'에 부딪히기 마련이다. 이 벽을 돌파하는 원동력이 희망이다. 희망은 말과 글로 피어나고, 지속적으로 살아가는 힘이 된다. 영혼을 뒤흔드는 한 줄의 문장을 통해 다시 재기할 수 있는 힘을 모을 수 있었다. 서진규 작가의 책에서 만난 한 줄 문장은 '세상에서 가장 나쁜 것은 희망 없이 사는 것'이라는 문장이었다. 그 이후 열과 성이 깃든 삶을 살기 위해, '나'에 대해 근원적인 물음을 던져보았다. 그 시절 나보다 어려운 사람이 이렇게 삶을 이겨내기 위해 도전하는데 '나'는 불편한 상황 속에서도 깨어 있고 싶었다. 한 권의 책은 고통 속에서도 꽃을 피워내는 방법을 작가의 경험으로 보여주고 있었다.

그 시절 배운 것이 있다. 첫째, 어떠한 상황이라도 이겨낼 수 있는 희망은 한 줄 문장이다. 지금 와서 생각해보아도, 내 편은 아무도 없었다. 그렇게 황량하고 어려운 시절에 한 권의 책이라는 사물이 내가 힘을 낼 수 있도록 도왔다. 읽으면서 버틸 수 있는 삶이었다. 견딜 수 있는 시간이었다. 둘째, '이 또한 지나가리'라는 문구가 있다. 그냥 지나가는 것이 아니라 매만지면서 가는 것이다. 주위 사람들에게 상처받은, 우툴두툴하게 구부러진 마음을 문장이 주는 힘으로 평평하게 잡아가면서 가야 하는 것을 알게 되었다. 그렇게 마음 잡을 수 있는 도구가 한 권의 책이었다. 셋째, 만나지도 못한 작가의 한 줄 문장이 주는 힘은 위대하다. 절망에서, 위기에서 한 발짝도 걸을 수 없는 사람 곁에 책이 있다. 불확실한 고통에서 끊어지지 않고 이어지는, 실 같은 희망과 가능성을 준다. 그 힘으로 지금 책 읽고 글 쓰는 삶, 글쓰기 코치로서 읽고 쓰는 복락을 누리고 있다.

한 권의 책을 통해 어둠 속에서도 환해지는 것을 배웠다. 그리고 어떻게 살 것인지! 무엇을 하고 싶은지! 작가가 겪은 고통의 삶에서 성취한 삶으로 가는 길, 나의 현실로 끌어들인다. 한 권의 책을 가슴에 품었다. 인생 책이다. 지금 보면 낡고 너덜너덜해진 책이다. 세상에서 가장 나쁜 것은 희망 없이 사는 것이라는 문구다. 이 문장 덕에 언젠가는 좋아진다는 열망을 가슴에 안고 내가 가진 달란트를 찾으려고 했다. 그 후 끝없는 주경야독의 길, 희망의 도전을 하려는, 내 안에 들어 있는 욕구로 가득 찬 나를 만나게 되었다. 나는 한 권의 사물이 주는 힘을 그때 알았다. 책은 곤경에서 재미와 의미를 주었다. 막연하게나마 책에 관련된 일, 할 거라는 믿음의 씨앗을 심었다. 단단하게.

05 책 쓰기 수업

- 이정화

Y 언니와 통화를 했다. '11월 책 쓰기 무료 특강'을 소개해주었다. 강의를 듣고 바로 등록했다. 내가 무슨 생각으로 결제를 했는지 모르겠다. 그 당시 등록한 수업이 지금의 나를 변화시키는 전환점이 되리라고는 생각을 못 했다. 정규 과정에서는 친숙하게 들리는 사투리와 남다른 강의로 집중시키게 만드는 강사가 있었다. 막연히 블로그를 해야겠다는 생각에, 글쓰기 수업을 들으면 도움이 될 것 같다는 생각으로 들었다. 첫 수업을 들었다. '책 쓰기' 강의였다. 난감했다. 생각지도 못했던 수업이었다. 40년 넘게 살면서 책이라고는 학교에서 보는 교과서와 학창 시절에 조금씩 읽었던 시집이 전부였다. 강의 시간에 1주일 안으로 내가 어떤 책의 내용을 쓸지 과제로 제출하라고 했다. 목차를 받았다. 쓰려고 하니 막막했다. 어떻게 시작할지 어려웠다. 강사가 준 예시를 보면서 따라 썼다. 제일 처음에 '들어가는 글'이 보였다. 써 내려갔다. 첫 글을 카페에 올렸다. '문장 수업' 시간에 된통 혼났다. 들어가는 글은 마지막에 쓰는 거라고 강사는 말했다. 얼굴이 붉어졌다. 기초 지식이 하나도 없고, 수업도 몇 번 듣지도 않고 막 쓴 내가 하염없이 작

아지는 느낌이 들었다. 쥐구멍이라도 있으면 숨고 싶은 심정이었다. 그 이후로 글을 쓸 엄두가 나질 않았다. 어떻게 쓸지도 모르겠고, 제목은 있으나 머릿속에 그림이 그려지지 않았다. 그냥 수업만 듣기로 했다. 문장 수업 시간에 올라오는 글을 보면서 내가 쓴 글과 비교가 되었다. 보면 볼수록 주눅이 들었다.

어떻게 하면 잘 쓸 수 있을지 궁금했다. 수업 시간, 독서를 하면 좋아진다는 강사의 말을 들었다. 그래서 독서 모임 '천무'에 참여했다. 독서 모임은 처음이었다. 책을 읽었다. 글이 눈에 들어오지 않았다. 한 장, 한 장 읽는 동안 오만가지 생각이 나를 책에서 멀어지게 했다. 눈을 감고 있을 때도 있었다. 처음에는 한 장도 읽기 힘들었는데 어느 순간 끝장에 눈이 가 있었다. 신기했다. 그리고 서평을 어떻게 쓰는지도 알려주셨다. 내용을 정리하고, 서평에 쓸 문장을 고르고, 독후 감상과 어록을 썼다. 학교에서 수업을 듣고 시험을 보듯 내가 책을 읽고 평가받는 느낌이 들었다. 한 권을 읽고 많은 사람 앞에서 발표하는 시간도 처음 접해보는 경험이었다. 낯설었다. 심장이 뛰고 입술이 떨렸다. 손과 등에 땀도 났다. 2주에 한 번씩 하는 독서 모임은 나의 생활을 바꿔주었다. 주말에 특별한 볼일이 없으면 그냥 쉬게 되고 의미 없이 지나가던 일요일 저녁이 서평 쓰는 일요일로 바뀌었다.

첫 책은 『人生을 바라보는 안목』, 이나모리 가즈오 저자의 책이었다. 작가의 삶을 통해 열정과 포기하지 않는 근성과 끈기를 배울 수 있었다. 두 번째 책인 정민 저자의 『책벌레와 메모광』에서는 작은 메모 하나가 역사가 되고 사람과 연결하는 매개체가 됨을 배웠다. 여섯 번째 책으로는 오그 만디노 저자의 『위대한 상인의 비밀』을 읽었다. 작은 배려가 누군가에게 아주 큰 힘이 된다는 것을 알았다. 눈물을 흘리면서 본 책으로 기억에 남는다. 책을 읽을수록 배우는 내용도 많았다. 그리고 나의 삶도 돌아보게 되었다. 내가 무엇을 놓치고 살았는지, 내가 어떻게 해야 바뀔 수 있는지도 알려주었다. 책에서 배우는 세상은 내가 몰랐던 세상을 알아가는 느낌이었다. 책을 읽고 내용을 정리하고 발표하면서 사람들을 만나는 시간이 일상의 한 부분으로 조금씩 채워졌다. 독서를 하면 할수록 글 읽는 재미가 있었다.

2022년 3월 초, 발목이 아파서 집에서 쉬고 있었을 때 남편이 주식을 해보자고 했다. 본인은 일해야 한다며, 나에게 하라고 했다. 하기 싫었다. 책 쓰기 수업도 계속 듣고 싶었다. 거절해봤자 남편은 계속하라고 권했을 것이다. 울며 겨자 먹기로 하기로 했다. 주식 공부를 하는 동안 뱃살은 늘어갔고, 스트레스로 신경이 예민해졌다. 주식은 10년 이상 공부해도 어렵다고 하는데, 고작 몇 달 공부해서 한다는 것이 말이 안 되는 것이었다. 1년 정도 한 후 남편에게 못 하겠다고 했다. 더 하자고 했지만 하기 싫었다. 내가 하고 싶은 일 하면서 살고 싶었다.

책 쓰기 수업을 다시 들었다. 거의 1년 만에 돌아왔다. 처음 수업 때 보였던 작가들도 다시 볼 수 있었다. 반가웠다. 수업을 들을수록 주식을 하면서 받은 스트레스가 없어졌다. 수업 내용에는 인생 강의도 함께 있다. '공부하면서 하나씩 알아가고, 쓰러질 때마다 다시 일어서는 것, 이것이 인생이다'라고 강사가 말했다. 오뚜기가 생각났다. 책도 다시 읽었다. 목표를 다시 수정했다. 목표에 글쓰기, 독서, 책 쓰기가 들어 있다. 책을 통해 배운 것처럼, 내가 쓰는 글로 남을 위로하고 도움이 되는 삶을 살고 싶다고 다짐도 했다. 행동을 바꾸고 실천에 옮기기 위해 '라이팅 코치' 수업도 들었다. 내 것으로 잘 소화시키기 위해 공부를 많이 해야 한다는 것을 느꼈다.

지금은 발목이 좋아져 직장에 다니며 글을 쓰고 있다. 스트레스가 줄었고 뱃살도 줄었다. 계획대로 하나씩 하기만 하면 된다. 그동안 듣고 싶었던 수업을 다시 들으니 소중함도 알게 되었다. 배운 내용도 바로 노트에 정리하는 습관까지 길들이고 있다. 얼어붙은 땅은 따뜻한 해로 녹이듯, 굳어 있는 뇌를 글쓰기 수업으로 말랑하게 만들고 있다. 생각하고 글 쓰고, 책 읽는 삶을 살아가려 한다.

06 취미가 독서라서

- 정은주

혈액형이 뭐냐고 물으면 꼰대, MBTI가 뭐냐고 물으면 MZ세대라고 한다. 한국인들이 좋아하는 질문 중 하나다. 예전에는 "취미가 뭐예요?"라는 물음에 "독서인데요" 하고 답하면 "특기는 뭐예요?" 하고 또 물었다. 자기소개를 할라치면 따라붙는 게 취미와 특기였다. 문학소녀는 칭찬하는 말이었다. '취미는 독서'라는 대답이 템플릿처럼 자리 잡았다.

고등학교 때였다. 여자로서 쉽지 않은 종목인 쿵푸를 배우는 친구가 있었다. 허벅지가 조선무처럼 튼튼했지만 만화책을 좋아하고 수줍음 많은 소녀였다. 내 허벅지와 종아리는 키에 비해 튼실하다. 처음 그 친구의 교복 치마 아래 다리를 보는 순간 동질감을 느꼈다. 이제야 고백한다. 그런데 갑자기 나에게 같은 도장에 다니는 오빠를 소개시켜주겠단다. 어디서 그런 거짓말이 나왔는지 서점에서 만나자고 했다. "취미가 독서라서…"라는 말을 친구에게 흘렸다. 당시 내가 살던 곳에서는 남포동이 '핫'한 거리였다. 지금은 사라졌지만 문우당이라는 서점이 있었다. 지하 1층부터 지상 2층까지 있는 큰 곳이었다. 시집과 에세이가 모여 있던 코너에서 단아하게 책을 읽으며 미팅 상대를 기다렸다. 1980년대 여학생이라면 누구나 한 번쯤 외웠을, 우정을 소재로 한 유안진의 에세이집 『지란지교를 꿈꾸며』를 읽었다.

> 저녁을 먹고 나면 허물없이 찾아가
> 차 한잔을 마시고 싶다고 말할 수 있는 친구가 있었으면 좋겠다.

지금 되뇌어도 가슴을 울리는 문구다. 당시에 이 글을 읽으면 차가운 얼음을 통째로 삼킨 것 같았다. 소금에 절인 배추처럼 감성에 잔뜩 젖어 책을 넘기다가 우연인 듯 미팅 상대와 눈이 마주치는 것! 문학소녀가 상상한 장면이다. 우아하게 책을 보면서 열심히 눈동자를 굴려 탐색한다. 문을 열고 들어오는 남자일까? 컴퓨터 서적 앞에 서 있는 사람일까? 현실은 조금 어긋날 수 있다. 눈을 마주쳤는데 바로 눈을 감아버리게 만드는 남자도 있다. 만약 그렇다면 소개시켜준 친구의 멱살을 잡고 흔드는 장면까지 그려진다. 책은 그저 액세서리. 한 페이지도 안 읽고 펼친 부분 그대로 쥐고 있다. 최대한 눈치채지 않게 머리카락 넘기면서 서점 한 번 훑어보고, 책 찾는 척하면서 돌아보았다. 그러다 톡 하고 어깨를 쳐서 돌아보니 목을 꽤 올려야만 얼굴이 보이는 남자가 있었다. 웃는 모습이 선했다. '아, 놀래라' 하는 포즈로 최대한 놀란 척하며 눈을 깜빡거렸다. 2년 넘게 사귀었지만 딱 두 번 만났다. 해양대학교를 다녀 외양선을 탔기 때문이다. 미팅 때 한 번, 1년 반 뒤 배 내렸을 때 한 번. 사귄건지 떠난 건지 알 수 없지만 멀리 떨어져 있어서 내

숭 연기는 들키지 않았다.

막내 성열 오빠가 초등학교 입학할 때 태어났다. 첫째 동열 오빠와는 11살 차이가 난다. 오빠들 틈에서 익힌 건지 알 수 없지만 초등학교 입학 전 혼자 한글을 깨쳤다. 어느 날 아침 10시 KBS2 TV에서 '무엇이든 물어보세요' 프로그램이 끝날 때였다. 마지막에 '구인' 코너가 있었다. 어느 지역, 어떤 직종에서 얼마의 월급을 준다는 5분짜리 광고였다. 글자를 보는 순간 무슨 말인지 이해가 됐다. 옆집 살던 경희 엄마가 '어떻게 혼자 터득했노?'라고 물었다. 부러움이 가득한 눈길이 오랫동안 기억에 남았다. 한글을 읽을 수 있다는 것을 인정받고 나니 당시에는 '자존감'이라는 단어를 몰랐지만 어깨 당당하게 펴고 입학했다. 글자를 쓰는 것은 학교 가서 배웠다. 받아쓰기 시험에서 '의' 자를 '익'으로 적거나 '이'로 적어 백 점을 놓쳤다. 동그라미와 가위표 사이에서 엄마의 미소와 냉소가 오갔다.

학교가 멀었다. 버스 정류장으로도 세 코스나 떨어진 학교에 다녔다. 교실이 부족해 오전반, 오후반으로 나뉘었다. 1980년대다 보니 비포장도로가 많았다. 집에서 학교에 갈 때면 흙으로 된 경사로를 지나야 했다. 천천히 내려가면 괜찮지만 늦는 날이 문제였다. 뛰어가던 날, 신발이 미끄러져 넘어졌다. 운명의 장난이었나, 한번 넘어져 부딪친 부분에 또 부딪쳤다. 엄마는 성장통이려니 하고 대수롭지 않게 넘겼다. 여름방학 전날 밤 아홉 시 저녁 뉴스가 나오고 있었다. 여섯 시에 시작하는 만화를 보던 아이가 좋아하지도 않는 뉴스를 보는 게 이상하다는 생각이 들었다. 내 바지를 접어 올리던 엄마의 입에서 흠칫 놀라는 소리가 나왔다. 무릎이 갓 찐 호빵처럼 부풀어 올라 있었다. 다음날 엄마 등에 업혀 버스를 탔다. 대학병원에 가던 엄마는 시장 입구 개인 정형외과 방송을 듣고 차에서 내렸다. 가벼운 지갑을 움켜쥐고 대수롭지 않을 거라 생각했으리라. 큰 병원에서 검사하느라 괜히 돈만 많이 나간다고. 하지만 몰랐었다. 그렇게 내린 정류장에 운명의 발걸음도 내리막길임을. 남은 평생을 엄마의 무지로 딸의 운명을 망쳐놨다고 자신을 원망했음을 알 리 없었다.

일단 무릎 부기를 빼는 게 중요했다. 관절에 하얀 주사약을 넣었다. 뼈에 직접 들어가는 주삿바늘은 볼펜 심만큼 두꺼웠다. 아프다고, 안 맞겠다고 발버둥 쳤다. 엄마와 병원 실장으로 보이는 남자, 간호사 그리고 의사 선생님이 몸으로 나를 잡아 눌러 겨우 주사를 놓았다. 일주일에 한 번 전쟁통이 따로 없었다. 8살 아이의 무릎뼈는 몇 달 뒤 굳었다. 관절이 어긋나고 뼈에 구멍이 생겼다. 병원에서는 과실을 인정했지만 돌이킬 방법이 없었다. 엄마 등에 업혀 학교를 다녔다. 집에서도 벽을 짚고 화장실에 갔다. 왼쪽 다리는 거의 딛지 않았다. 병원 가느라 학교를 쉬는 날이 많았다. 학교 진도는 아이들 크는 것처럼 성큼 뛰어나갔다. 나는 제자리였다.

어느 날 책 영업사원이 왔다. 당시에는 집집마다 다니며 책을 판매하였다. 거실 책장에 브리태니커 백과사전 전집이 있었다. 나를 보더니 중고생이 되면 공부에 필요하다면서 '한국 단편 전집'으로 바꿔주었다. 그런데 퇴근한 아버지가 노발대발했다. 사각으로 각진 브리태니커 양장본은 근접할 수 없는 학구적인 분위기였다. 짙은 청색의 전집이 줄 서 있는 것이 고급스러웠다. 바뀐 책은 짙은 갈색이었다. 바퀴벌레 군집이랄까. 어두컴컴하니 거실을 우중충하게 만들었다. 아버지 입장에서는 속았다고 생각했다. 동생 업고 농번기 농사 돕던 엄마가 학교를 그만두어서 무식하다는 질책이 밤새 이어졌다. 그런데 아니었다. 영업사원 말이 맞았다. 혼자 있는 시간에 책들을 모두 읽었다. 단편집이라 금방 진도가 나갔다. 결과는 고등학교 때 나왔다. 교과서나 문제집에는 단편집의 일부분만 나왔다. 앞뒤, 전후 사정을 알아야 풀 수 있는 문제에 유리했다. 국어 시험을 치면 무조건 백 점 아니면 전교 1등을 했다. 집에 있거나 체육시간 교실만 지키며 읽었던 책들이 시험 결과로 보상해주었다. 시험에 한 지문만 나와도 출처를 알 수 있으니 국어를 잘한 것은 당연했다.

그렇다. 어느 날 걷지도 못하고 앉은뱅이가 됐던 나를 일으킨 것은 바로 책이었다. 태어날 때부터 팔다리가 없지만 여행 다니며 운동하는 내용을 읽으며 힘을 얻었다. 위로받았다. 할 수 있다는 자신감이 생겼다. 8살 소녀가 18살이 되고 48살이 될 때까지 아픈 다리를 원망하지 않고 잘 살아가는 것은 책 덕분이다. 지금은 읽는 것에 그치지 않고 글을 쓴다. 온라인에 글을 쓰는 블로거가 되었다. 부업으로 한국어 강사도 하고 있고, 한국어 강사가 되고자 정보가 필요한 사람들을 위해 전자책도 냈다. '정은주' 이름이 적힌 책의 작가가 되었고 책을 쓰고 싶어 하는 사람들을 키우는 '라이팅 코치'로도 일한다. 이유는 하나다. 나의 경험과 글이 누군가를 살리는 문장이 되는 것, 그것이 바로 오늘도 책을 읽고 글을 쓰는 이유이다. 아, 그래서 지금도 나의 취미는 '독서'다 (믿어주세요, 마흔 중반 이제 내숭 떨 나이는 지났습니다).

07 살아갈 힘을 키워준 종이와 펜

- 최경희

세상에 내 편이 없다고 생각했습니다. 아무에게도 마음을 의지할 수 없었습니다. 무엇이든 혼자 고민하고 결정해야 했습니다. 지치고 힘들어 삶이 무의미해지는 순간이 많았습니다. 이 세상에서 없어지면 그만이다 생각했지만, 한편으로는 잘 살고 싶었습니다. 어느 날부터 죽고 싶은 마음을 글로 썼습니다. 엄마한테 가고 싶다고도 썼습니다. 그럴 수 없으니 빨리 독립하자고 달래기도 했습니다. 마음속에 쌓아둔 감정들이 폭발할 때도 종이에 썼고, 스스로가 마음에 안 들어 혼내는 글도 썼습니다. 누구에게도 말하기 싫은 비밀 마음을 쓰고, 가엾은 나를 토닥이기 위해 썼습니다. 종이와 펜, 글로 나와 소통했습니다. 적나라하게, 필사적으로, 간절하게 희망하며! 덕분에 살아갈 힘을 얻었습니다.

글을 쓰며 살아갈 힘을 얻게 된 이유는 나에 대한 비밀이 보장되었기 때문입니다. 보통은 친한 친구와 깊은 이야기를 하지요. 비밀 꼭 지키마 다짐합니다. 어쩌다 친구와 관계가 소원해지거나 싸우기라도 하면 그 비밀은 바로 폭로됩니다. 종이에 적으면 내 입으로 발설하지 않는 한 어떤 비밀도 끝까지 유지될 수 있습니다. 글로 나와 소통하면 나는 어떤 성향이고, 어떤 생각을 하는 사람인지, 어떨 때 화가 나는지, 어떻게 해야 마음이 풀리는지 알게 됩니다. 나를 객관적인 입장에서 바라볼 수 있습니다. 있는 그대로의 진짜 나를 만날 수 있습니다.

한 가지 지켜야 할 것이 있습니다. 글로 자신을 만나는 순간만큼은 정말 솔직해져야 한다는 것입니다. 그렇지 않으면, 스스로에게조차 가식적인 사람이 됩니다. 특히 보여주기 위한 글만 쓸 때 그렇습니다. 먼저 나와 솔직하게 소통한 후에야 진정 좋은 글을 쓸 수 있다고 생각합니다.

처음으로 나를 써 내려간 것은, 재혼한 아버지와 함께 살면서부터입니다. 한때는 귀한 외동딸이었는데요. 순식간에 집안일에 동생 육아까지 해야 하는 가정부 신세가 되었거든요. 하루하루가 고통이었습니다. 학교 끝나면 친구들과 헤어질 때까지 마음껏 놀고 싶었습니다. '엄마한테 가고 싶다…. 나는 왜 여기에 왔을까, 누구 때문일까? 아빠는 왜 나를 데리고 왔을까? 나는 여기가 싫다. 가고 싶다. 엄마한테 가고 싶다. 흑흑….' 지금도 눈물이 나는군요.

동생과 저는 아홉 살 차이가 납니다. 아기 때 잠투정을 많이 해서 밤마다 업고 나가 재웠습니다. 겨울에는 포대기에 큰 점퍼를 덧입고 나가 잠들 때까지 자장가를 불렀습니다. 여름에는 업고 재우는 시간이 길어질수록 둘 다 땀띠로 고생했습니다. '○○는 왜 이렇게 안 잘까? ○○를 왜 나한테 재우라는 거지? 자기가 하면 되잖아! 엄만데 왜 나한테 하래? 내가 엄마야? 매일 진짜 힘들다. 나도 편하게 자고 싶다. 제발 ○○야, 잠투정하지 말고 자라. 응?'

매일 아침마다 밥 준비하고 상 차리고 치우고, 설거지, 집안일로 하루를 시작했습니다. 남은 밥에 김치 도시락 반찬 싸 들고 헐레벌떡 학교로 갔습니다. 학교에 있는 시간이 많아질수록 좋았습니다. 학교에서는 아무도 나를 귀찮게 하지 않았습니다. 화장실 다녀오는 것 외에는 책상에 앉아 있었습니다. 교과서가 너무 재미있어 필사했습니다. 읽고 쓰는 혼자만의 시간을 가질 수 있다는 것이 행복했습니다. 칠판 글씨를 잘 써서 반 친구들의 추천으로 서기를 맡았습니다. 선생님 대신 칠판 필기하는 시간이 정말 좋았습니다. 내가 잘하는 것이 있고 남들이 인정해주니 기뻤어요. 그래서 더 학교가 좋았고, 선생님들은 말없이 제 할 일만 하는 저를 예뻐하셨습니다. 집에서 갑갑했던 마음이 학교에 가면 숨통 트였습니다. 끄적끄적 낙서하고 상상하는 시간 동안 희망이 생겼습니다. '공부만 열심히 하면 난 이 집에서 탈출할 수 있어. 빨리 커서 엄마한테 가야지. 아… 집에 가고 싶지 않다. 설거지, 빨래 잔뜩 쌓여 있겠지? 엄마는 왜 날 찾으러 안 오는 거지? 아빠가 무서운가? 그래도 그렇지. 내가 이렇게 서럽게 사는데 말이야. 엄마 밉다.'

새엄마가 끊임없이 일을 시키는 이유는 무능한 아버지 때문입니다. 아버지는 일찍부터 몸져누웠다가 서른여덟에 돌아가셨어요. 심장판막증을 앓고 있었고, 술과 담배로 간이 상하고 폐가 안 좋았습니다. 경제관념이 없는 데다 몸까지 아픈 남편 때문에 고생 많이 했습니다. 파출부, 식당 일 등을 하며 하루 벌어 하루 살았어요. 한 여자의 일생으로 보자면 불쌍한 사람입니다. 새엄마는 아버지 때문에 생긴 화를 제게 풀었습니다.

4학년쯤 새엄마가 같은 반 친구 집에서 파출부로 일한 적 있었어요. 그 친구가 싫증 나서 안 입는다고 버리는 옷을 가져와서는 제게 입으라고 했습니다. 옷은 낡지 않았고 예뻤어요. 당장 입을 옷이 없었기 때문에 입을까 말까 고민할 처지도 아니었지요. 학교 갈 때마다 친구를 마주쳤고, 그 친구는 다른 친구들에게 말했습니다. "경희네 엄마 우리 집 파출부 아줌마야! 우리 집에서 청소하고 빨래해! 그리고, 저 옷 내가 입던 거야." 땅으로 꺼지고 싶었습니다. 마음속에서 부글부글 화가 치밀어 올랐습니다. 친구에게도, 새엄마에게도. '하필이면 왜 같은 반 친구 집이야! 내가 이렇게 살아야 하나? 모두 다 아빠 때문이야! 아빠 너무 싫어! 진짜 하… 너무 힘들다! 빨리 시간이 지났으면 좋겠어. 경희야 조금만 버티자! 네 마음 잘 알아! 네 말 다 들어줄게. 하고 싶은 얘기 있으면 나한테 다 해!'

동네에 제법 큰 하천이 있었어요. 그곳을 지날 때마다 '그냥 죽을까? 죽으면 맘 편하겠지? 어차피 이 집에서 난 일꾼일 뿐이잖아. 엄마한테 갈 수도 없고 이 꼴 저 꼴 안 보고 싶으니까 그냥 뛰어내릴까?' 생각했습니다. 막상 올라가면 무서워 내려오곤 했어요. 며칠 간격으로 일어나는 충동에 갈등하며 힘들었습니다. '죽고 싶다. 죽고 싶다. 죽고 싶다. 지금 내가 죽으면 속이 시원할까? 누가? 보란 듯이 죽어볼까? 누구 보란 듯이 죽어? 복수하고 싶어, 아빠한테! 그럼 누구 손해지? 그러게 내가 왜 죽어? 누구 좋으라고? 난 잘 살 거야. 엄마, 외할머니, 외할아버지 보고 싶어. 지금은 못 가지만 나중에는 꼭 찾아가서 여기 다 잊어버리고 잘 살 거야. 공부 열심히 해서 대학 가고 돈 많이 벌 거야! 죽긴

왜 죽어, 억울하게? 그래 그래 잘 생각했어! 이 악물고 악으로 버티자. 여기 벗어날 때까지만!'

아버지 때문에 내 엄마와 헤어졌고, 한창 꿈과 희망으로 해맑아야 할 유년기 청소년기를 암울하게 살았습니다. 나에게 일어나는 모든 일들을 적었습니다. 내 마음대로 할 수 있는 것이 하나도 없어 답답한 마음을 끄적였구요. 어른들의 선택으로 어린 내가 겪어야 하는 억울한 마음을 글로 풀었습니다. 죽고 싶을 때마다 적었습니다. 스스로에게 살려달라고! 종이와 펜으로 글을 쓰며 살아갈 힘을 키웠습니다.

현재 운영하고 있는 프라이빗 라운지 '치유' 공간에서 치유성장 글쓰기 모임을 진행 중입니다. 좋아하는 노트와 펜이 준비물입니다. 나의 감정, 생각들을 적고 나에 대해 알아보는 시간입니다. 첫 번째 모임에서 현재 나의 상태, 둘째 모임엔 나의 과거, 세 번째 모임에는 미래의 나를 맘껏 상상해보았습니다. 마지막 모임에서는 4주 동안의 변화와 앞으로 어떤 모습으로 살아갈지 발표하는 시간을 가졌습니다.

단 한 줄도 쓰지 못하겠다고, 내가 뭘 원하는지 모르겠고, 뭘 해야 하는지 모르겠다고 하셨던 분들이 마지막 주에는 자신의 이야기를 담은 노트를 술술 읽어주셨어요. 내가 무엇이 부족한지 적나라하게 알게 되었고, 외면했던 아픔도 드러내야 한다는 것을 알았고, 글로 적으며 대화하는 법을 사용하게 되었으며 해결해야 할 문제들이 차근차근 풀렸다고 합니다. 덕분에 자존감을 찾게 되었다는 피드백도 주셨습니다. 이렇게 종이와 펜에 나를 써내는 것은 나를 치유하는 여정입니다. 나를 치유하면 매사를 긍정적으로 대하고, 다른 사람들에게도 그 영향이

전해집니다. 글로 나를 만나고 치유하는 과정은 자존감을 높여줍니다. 높은 자존감은 어떤 누구에 의해서도 흔들리지 않게 됩니다.

글로 소통하는 과정에서 내가 얼마나 귀한 존재인지, 나를 얼마나 사랑하는지 정확하게 알 수 있습니다. 지금 당장 펜을 들고 종이 위에 써보세요! '안녕? ○○야. 네 마음은 지금 어때? 괜찮아?' 마음 소리를 들어보세요! 스스로 살아갈 힘을 얻을 수 있습니다.

08 내 친구 마음 노트

- 최주선

모태 신앙인이다. 교회 다녔던 엄마 덕분에 자연스럽게 신앙 안에서 자랐다. 어렸을 때는 부모님 손에 이끌려 교회에 갔다. 예배는 빠지면 큰일 난다고 알고 자랐다. 자연스럽게 신앙의 힘에 의지하며 살게 됐다. 힘들 때마다 기도했다. 그렇게 하라고 배우기도 했고, 간절할 때는 기도가 저절로 나왔다. 밖에서 눈물 보이기 싫을 땐 예배에 가서 기도하고 펑펑 울었다. 그건 어떤 신앙의 깊이와는 상관없었다. 그저 울고 나면 속이 후련해졌다. 마음에 있는 걸 중얼중얼 말하고 나면 내 잘못도 있구나 싶어 용서를 구하는 기도로 끝났다. 질풍노도의 시기를 지나던 무렵 수련회에 가서 예수님을 인격적으로 만났다. 다니던 교회 말고도 당시 꽤 규모가 큰 경배와 찬양 집회를 따라다니며 예배를 드렸다. 그렇게 신앙을 키웠다. 그 시기에는 친구들과 모여서 서로의 고민을 듣고 기도해주는 게 곧 친밀 정도를 나타내는 일이 되었다.

교회에서 모임을 할 때마다 매 주일 서로 기도 제목을 물어봤다. 돌아가면서 꼭 한마디 해야 하는 통에 없는 기도 제목도 만들어야 할 판이었다. 그래서 적기 시작했다. 내 바람, 힘든 문제를 모두 기도 노트에 적었다. 내 기도 제목뿐 아니라 다른 사람에게도 기도해주겠다며 설레발을 쳤다. 어떨 때는 내 기도 제목보다 다른 사람의 기도 제목이 더 많이 적혀 있었다. 지금은 쓰지 않는 기도 노트, 중학교부터 결혼 초까지는 줄곧 적었다는 사실을 이번 글을 쓰면서 깨달았다. 맞다. 나에게는 기도 노트가 있었다. 마치 소원을 이 '기도 노트'에 적기만 하면 다 이루어질 것 같다는 마음에서 계속 적었다. 목록을 1번부터 10번까지 적기도 했고, 한 해의 시작, 한 달의 첫날, 매주 일요일, 그리고 매일 밤 적었다. 돌이켜보면 늘 기도 제목이 있었고, 하나씩 지워지고 새로 채워지는 항목도 있었다.

친구와 다퉜을 때는 다른 친구에게 이야기했고, 동료와의 문제가 있어 힘들 때나 일이 고달플 때는 친구에게 말하며 풀었다. 그러나 속 깊은 이야기 혹은 단짝과 다툰 날이면 말할 곳이 없었다. 엄마, 아빠, 오빠에게도 말하고 싶지 않아 문을 닫고 방에 들어가 앉았다. 그때 할 수 있었던 건 기도 노트를 펼치고 '친구와 화해하게 해주세요'라고 적는 거였다. 그리고 손 모아 기도했다. 기도 노트가 없다는 건 기도를 하지 않는 것과 같았다. 기도할 때는 꼭 그 기도 노트를 펼쳐 놓고 적고 기도했다.

누구의 유년 시절, 학창 시절의 이야기를 들어보니 힘들 때마다 도피처로 다양한 책을 읽었다고 했다. 나는 어렸을 때 만화책도 잘 안 볼 정도로 책과 멀디멀었다. 성경책이 유일했다. 매일은 아니어도 성경책도 읽고 필사도 했다. 머리맡에 놓인 성경책을 매일 밤 읽고 기도하며 마음을 달래는 거였다. 진로 고민이 있을 때도 신앙 고민이 있을 때도,

관계가 힘들 때도 늘 내 옆에는 성경책이 있었다. 얼마나 가위에 자주 눌렸는지, 그 느낌이 있다. '어? 오늘 가위눌릴 것 같은데' 싶으면 꼭 성경책을 읽고 머리맡에 두고 잤다. 성경책을 읽고 머리맡에 두고 자도 소용없는 날도 있었지만, 그저 마음 위안을 위한 방편이었다.

기도 노트와 세트로 말씀을 필사했다. 40년 살면서 성경 필사를 아직도 한 권 다 끝내본 적 없다는 사실이 참 부끄러워지는 순간이다. 구약 39권은 다 필사하지 못했지만, 신약 27권은 필사를 마쳤다. 구약은 창세기, 출애굽기 쓰다가 레위기쯤 사람 이름만 나와 지겨워지면 멈췄다. 건너뛰어 아가, 이사야, 시편, 잠언으로 넘어갔다. 각 권의 장수가 몇 장 안 되는 부분은 모두 필사했다. 시편만 한 다섯 번은 쓴 거 같다. 신앙 성장을 위한 목적도 있었지만, 지금 생각해보면 그냥 한 권을 다 필사해보겠다는 고집이 있었던 것 같다. 매년 쉽게 꺾였지만, 쓰면서 마음을 성장시킬 수 있는 원동력이 되었다. 책상 위에 남겨진 기록은 힘들 때마다 들추어보면 힘이 되었다. '다시 시작하면 되지!' 생각하게 되는 원동력이랄까.

기도 제목 노트도 있고, 필사도 했지만 차마 기도 노트에 나쁜 말은 쓸 수 없었다. 일기장은 힘든 날 주로 꺼냈다. 초등학교 때 처음 자물쇠 달린 비밀 일기장을 얻었다. 생일 선물로 받았다. 학교 숙제로 내주는 그림일기 말고는 써보질 않았다. 줄 하나 없는 자물쇠 달린 예쁜 일기장에 뭐라고 써야 할지도 몰랐다. 그렇게 몇 년씩 묵혀두기만 했다. 어느 날 펼치고 마음을 적었다. 그저 아끼고 아끼다 펼쳤고, 가족 중 누군가가 제발 보지 않았으면 하는 마음으로 자물쇠를 꼭꼭 잠가두었던 기억이 난다. 누구는 어렸을 때부터 일기 쓰기를 좋아하고 켜켜이 모아놓기도 했다는데, 작가인 나의 과거에는 일기장이 켜켜이 쌓일 만큼의 기록이 없다. 그저 가지고 있는 것만으로도 보험 든 기분으로 매일 책장에 꽂아두었다.

오빠랑 다투었을 때도, 엄마 아빠한테 혼났을 때도 그랬다. 짝사랑하는 오빠가 내 친구랑 사귀었을 때도, 남자 친구와 헤어져 밤잠 이루지 못할 때도, 집에 돈이 없어 편입학 합격 후 진학하지 못했을 때도 적었다. 직장 상사에게 야단맞아 성격파탄자가 되어버릴 것 같을 때도, 일기장에 마음을 털어놓으면 조금 괜찮아지는 것도 같았다. 그렇게 쓰고 나면 누군가에게 먼저 다가가서 말할 용기를 낼 수 있을 것 같았다. 지금 생각해보면, 쓰면서 마음이 정리되었던 게 아니었나 싶다. 지금은 좀 후회된다. 다시 그 시절로 돌아간다면, 내 마음도 매일 일기장에 꾹꾹 눌러 담을 거다. 예쁜 글씨로 또박또박, 지금 펼쳐봐도 흐뭇한 미소가 지어지게끔 말이다. 한 가지 더 아쉬운 건, 그 몇 권 안 되는 일기장들이 지금은 없다는 점이다. 자라면서 버렸다. 다시 그 시간이 온다면 (그럴 일이 없겠지만) 짐이 되더라도 차곡차곡 모아둘 거다. 기록 자체가 주는 힘도 있지만, 모아둔 기록의 흔적이 내게 힘이 된다는 걸 최근 피부로 느낀다.

결혼하고 남아공에 왔을 때 아는 사람이라곤 지인 딱 한 가정밖에 없었다. 친구도 아니고 남아공 적응차 도움받는 것 외에는 마음을 교류하는 일은 어려웠다. 남아공살이가 외롭고 팍팍할 때, 가장 최고조로 힘들었던 코로나 시기에 나는 쓰기 시작했다. SNS도 있었지만, 작은 노트에 내 마음을 끄적거리듯 적기도 했다. 지금은 손으로 쓰는 일기장이 있다. 힘든 일이 있을 때도, 기분이 별로일 때도, 아무런 일이 없을 때도 기록한다. 매일 아침 성경 한 장을 읽고 모닝 일기를 쓴다. 감사 일기를 쓰고, 독서 노트도 쓴다. 생각을 여기저기에 늘어놓고 쓰는 공간이 많아졌다. 이제 와서라도 읽고 쓰는 삶을 살겠다고 말하며 기록하고 있으니 내게 노트 기록이 생길 것 같아 설렌다. 아마도 몇 년 뒤, 나의 힘든 시간을 어떻게 극복했는지 누가 묻는다면 나는 지금의 기록들이 남긴 노트를 들고 웃어 보일 거다. 내 시간과 추억, 기록이 담긴 사라지지 않을 증거라며 말이다.

09 독서와 글쓰기는 나의 무기

- 홍혜숙

'생각이 많은 날이나 불면증에 시달릴 때는 독서를 하면 좋습니다.' 독서하면 좋은 점을 온라인 지식에서 찾아보았다. '두뇌는 근육과 같습니다. 운동과 연습을 통해 강해집니다. 독서는 뇌를 자극하고 활동적으로 유지시켜 알츠하이머병과 치매 같은 정신질환을 예방합니다. 두뇌를 강력하고 건강하게 유지하기 위해서는 지속해서 두뇌를 자극해야 합니다. 매일 읽는 것이 그렇게 좋은 방법입니다.' 불면증에 시달릴 때는 독서만큼 좋은 게 없었다. 2022년 1월, 내 삶이 휘청거려 곤두박질을 치면 살아낼 수 있는 나만의 무기를 갖고 싶어 새벽 4시에 일어나서 낭독하는 독서 모임에 가입했다. 낭독 독서 모임에서는 책 한 권을 정하여 매일 20페이지를 읽고 녹음하여 단톡방에 올렸다. 그때 『웰씽킹』 외 다수의 책을 읽었다. 여기서 나는 한 가지 더하여 우리 아이들에게 들려주었다. 마지막에는 '사랑해'라는 메시지를 넣어서 가족 단톡방에 올렸다.

2017년 2월에 가입한 독서 모임이 떠올랐다. '작은 책' 독서 모임이었다. 우리 지역에 있는 모임이었는데 창원, 김해 등 각 지역의 회원들이 쑤쑤 작가의 『인생을 바르게 보는 법 놓아주는 법 내려놓는 법』 외 다수를 읽고 발표하는 모임이었다. 이 책은 동기부여, 자기 계발을 원하는 독자들은 물론이고 상처와 아픔으로 힘겨워하는 많은 이들에게 힘과 용기를 줄 수 있는 책이었다. 그때 나는 처음으로 참석하였는데 그냥 듣기만 했다. 독서 노트 쓰는 것이 자신 없어서 구경꾼으로 참석했다. 2017년 이후 독서보다는 글을 잘 쓰고 싶었다. 그래서 글쓰기, 책쓰기 수업을 듣기 위해 수강 신청을 하여 현재 '자이언트 북 컨설팅' 수업을 듣고 있다. 그러다 2022년 1월 16일 서평 쓰는 모임 '천무'에 가입했다. 이 모임은 온라인을 통해 선정 도서 한 권씩 정해준다. 2주에 한 권을 읽고 줌으로 독서 모임에 참여하여 매주 둘째 주 일요일 저녁 8시부터 10시까지 2시간 동안 참여하는 모임이다. 노트에 제목, 저자, 읽은 날짜, 한 문장 요약, 독서 배경 및 취지, 기억하고 싶은 문장 중 3문장을 뽑아서 노트에 작성하고 내 생각을 입힌다. 그리고 독후 감상, 나의 어록도 적는다. 이후 그 노트를 들고 소모임에서 7~10명 정도 모여서 발표한다. 제일 좋은 점은 나 말고 소모임에서 발표하는 다른 작가들의 생각을 가져올 수 있다는 점이었다. 내가 독서하고 생각하는 내용이랑 비교를 할 수 있었는데, 다르게 표현하는 다른 작가님들과 서로의 생각을 공유할 수 있어서 매력적인 모임이었다. 또한 블로그에 발행까지 함으로써 언제 어디서나 다시 꺼내어 읽을 수 있어서 좋았다.

내가 '천무' 독서 모임에 참여하여 읽은 책은 이나모리 가즈오의 『인생을 바라보는 안목』, 정민의 『책벌레와 메모광』, 엘링카케의 『남극으로 걸어간 산책자』, 케빈 홀의 『겐샤이』, 오그 만디노의 『위대한 상인의 비밀』, 라이언 홀리데이의 『하루 10분, 내 인생의 재발견』, 김이나의 『나를 숨 쉬게 하는 보통의 언어들』, 기시미 이치로의 『내가 책을 읽는 이유』, 요조의 『실패를 사랑하는 직업』, 카민 켈로의 『어떻게 말할 것인가 TED』, 밥 버그, 존 데이비드 만의 『기버1』, 강신주의 『한 공기의 사랑, 아낌의 인문학』, 그랜트 카돈의 『10배의 법칙』, 히스이 고타로의 『하루 한 줄 행복』 등 이었고 2023년에는 『로쟈의 책 읽기 2012~2018 — 책에 빠져 죽지 않기』에만 참여했다. 2024년에는 맥스웰 몰츠의 『맥스웰 몰츠 성공의 법칙』을 첫 시작으로 지금 읽고 있다. 일요일 저녁 2시간을 독서 모임으로 무장하고 나면 뒷날 월요병이 없어졌다. 예전에는 아침에 눈을 뜨면 월요병이 있었는데 이제는 월요일 아침이 즐겁다.

2022년 하반기에는 경제를 잘 몰라서 경제 독서 모임에도 가입했다. 경제 인문학 독서토론 모임은 4명이 모여서 하는 모임이었다. 경제를 잘 몰랐는데 이 모임을 하면서 '본·깨·적' 독서로 실생활에 적용해 나에게 크게 도움이 되었다. 경제 독서 모임을 하면서 옷을 구매할 때 한 번 더 생각하게 되었고 마사지숍에 가지 않고 집에서 달걀노른자를 이용하여 꿀을 섞어서 마사지하였으며, 가계부 쓰기에 도전하였다. 냉장고 음식 파먹기(냉장고 파먹기)를 하여 식비를 절약할 수 있었다. 이외에도 공모주에도 가입했으며 건강 지키기(자전거 타기) 목표를 위해 주말 오후 2시에는 알람을 맞추어놓고 자전거를 탔다. 강변을 달리면 머리가 시원해졌다. 뻥 뚫린 리버뷰는 프랑스 센 강변에 있는 듯하여 해외여행을 가지 않고도 돈을 모을 수 있었다. '돈을 지출할 때는 부모님을 생각하라'라는 격언도 경제 독서를 하면서 알게 되었다. 엄마가 병원에 입원해 있을 때 모임을 했다. 간병을 하면서 김승호의 『돈의 속성』, 엠제이 드마코의 『부의 추월차선』, 김은정의 『부자는 내가 정한다』 등을 읽고 경제를 조금씩 알게 되었다. 적용한 것은, '이 돈을 부모님에게 드리면 얼마나 많은 도움이 될까?' 그런 생각으로 아꼈다. 알뜰하게 모은 돈으로 조금씩 적금을 넣어 목돈을 만들 수 있었다. 목돈을 엄마 병원비로 유용하게 쓰며 효도하기도 했다. 책을 읽고 나면 뿌듯하고 머리가 맑아졌고 자존감이 높아졌다. 또한 나를 진정으로 아끼고 사랑하게 되었다. 책에서 배운 내용을 토대로 앞으로 살아갈 '나'의 인생에서 독서와 글쓰기는 '나의 무기'가 될 것이다. 절대로 내 인생 다시는 무너지지 않게 할 '나만의 무기'이기 때문이다. '내가 넘어지면 나를 구하러 올 사람은 아무도 없다'라고 이은대 사부께서 책 쓰기 미니 특강 때 알려주었다. 나의 힘으로 나아갈 수 있는 무기가 바로 독서와 글쓰기이기에.

독서하고 나면 내가 모르는 게 이토록 많구나 깨닫게 된다. 문제가 생겼을 때 글쓰기는 근거와 뒷받침을 많아지게 한다. 험담하는 나를 비롯한 사람들의 가벼움을 알게 되었고, 고통과 시련에서 편안해지기 시작했다. 또한 어휘가 풍부해져 나도 깜짝 놀랄 때가 많다. 머리를 깨끗하게 만드는 데는 독서와 글쓰기만큼 좋은 방법이 없다고, 나의 경험으로 알려주고 싶었다. 독서 방법에는 첫째, 철저한 문장 독서, 둘째, 초록과 메모, 셋째, 독서 노트, 넷째, 습관성 독서, 다섯째, 자유로운 독서, 여섯째, 재독의 힘 등이 있었다.

독서는 자투리 시간을 이용하기도 했다. 출퇴근길에는 운전하면서 유튜브를 이용하여 들었다. 쉬는 시간, 차 안에 책을 한 권 두고 차에서 잠깐씩 읽으면 매일 20페이지 읽고, 집에 와서 잠들기 전과 새벽에 일어나서 하는 독서로 20페이지 해서 하루에 약 40페이지씩 꼭꼭 씹어서 읽을 수 있었다. 그렇게 좋은 문장이 있으면 초록을 하고 내 생각을 입히는 글쓰기는 최고였다. 두 마리 토끼를 잡을 수 있는 독서와 글쓰기는 흰 눈이 소복소복 내려 쌓이듯 나의 뇌리에 쌓였다. 독서와 글쓰기는 나의 무기다. 독서로 다른 사람들과 생각을 공유할 수 있어서 '행운'이라고 생각되었고, 글쓰기가 힘든 일이라고 하지 않고 '사랑하는 일'이라고 생각하게 되었다.

10 육아의 숨은 공신, 물티슈

- 황현정

'엄마라는 무게를 견디고 있는 당신, 충분히 잘하고 있어요.'

'잘해왔고, 잘하고 있고, 앞으로도 잘해낼 거예요.'

'좋은 엄마가 되려고 애쓰지 말아요. 이미 좋은 엄마예요.'

'밥은 먹었는지, 잠은 좀 잤는지, 엄마는 오늘 어땠나요?'

아기 물티슈 속 라벨에 적혀 있는 문구이다. 베베숲이라는 기업에서 몇 년 전 시행했던 '마음 스티커 프로젝트'의 일환이다. 고객들로부터 공모를 받아 육아에 지친 엄마 아빠를 위로하고 응원하기 위해 물티슈 라벨에 따뜻한 메시지를 담아 전하는 캠페인이었다. 현재까지 진행하는지는 모르겠으나, 물티슈 속 문구는 여전히 남아 있는 것으로 안다.

육아와 살림을 하다 보면 자주 찾는 물건 중의 하나가 물티슈이다. 물티슈를 열었을 때, 저런 따뜻한 글을 읽게 되면 자신에게 힘이 된다. 나만 아는 노력과 수고를 누군가 알아주는 듯해서 마음이 뭉클하다. 어린 아기들은 엄마 옆에서 울며 떼쓰기가 일상이고, 온종일 대화다운 대화도 하지 못한 엄마에게는 저 말 한마디가 새로운 에너지가 된다.

아이 셋을 키우며 많은 물티슈를 사용해왔다. 아기 물티슈는 일반 물티슈에 비해 크기도 크고, 도톰하고 부드러워 느낌도 좋다. 아이들이 음식을 흘리거나 어질렀을 때도 빠르게 해결할 수 있다. 바깥에서 아기의 배변을 뒤처리할 때도 유용하다. 청소를 할 때도 자주 사용했다. 여러 일을 하느라 정신없는 엄마와 떼려야 뗄 수 없는, 육아의 숨은 공신이다.

물티슈를 처음부터 좋아하진 않았다. 육아 이전에는 물티슈를 사용할 일도 크게 없었다. 오히려 손수건을 사용했다. 손에 땀이 많은 다한증도 있어 매번 손수건을 들고 다녔다. 어렸을 때부터 피부 문제도 있었기에, 친환경 화장품 만드는 법을 배웠다. 그러면서 자연스럽게 환경에 대한 관심도 많아졌다. 아기 물티슈라고는 해도 물티슈 성분이 100% 안전하지 않은 것으로 안다. 그러다 보니 육아할 때도 아이들 엉덩이나 몸에 닿는 부분은 가능한 물티슈보다는 가제 손수건이나 마른 티슈에 손수 물을 묻혀서 사용하곤 했다. 물티슈에 사용되는 티슈 부분도 쓰레기 처리가 어려워 환경에 해롭다.

그런데도 물티슈 사용을 중단할 수는 없었다. 어린 아기들은 하루에도 몇 번씩 음식을 엎지르거나 어지르기 일쑤이다. 돌 전 아기들은 하루에 배변 횟수도 잦다. 일일이 씻기기도 어려웠고, 가제 손수건을 사용하더라도 늘어나는 빨랫감에 감당하기도 어려웠다. 물티슈로 먼저 닦아내고 가제 손수건이나 물로 뒤처리하면 한결 수월함을 느꼈다. 아이들 성향에서도 차이가 났다. 첫째 때는 세심한 기질의 아이라 아이 자신도 조심하기도 했지만, 둘째 때는 물이나 음료를 일부러 쏟아버리는 경우도 많았다. 왜 그렇게 하는지는 모르겠으나, 뻔히 보고 있는 눈

앞에서도 컵을 뒤집어버리는 경우가 있었다. 재미일 수도 있고, 호기심일 수도 있다. 그러나 그것이 하루에 몇 번이나 반복되고, 일정 기간 매일 이어지는 일이기도 했다. 걸레나 행주로 닦는 것을 감당하기에는 마음의 화가 스멀스멀 올라왔다. 나중에는 물을 잘 흡수한다는 행주를 따로 마련하기도 했다. 그래도 부족한 부분은 그냥 마음 편히 물티슈를 사용하기로 했다. 환경 보호에는 도움이 안 되겠지만, 아이 행동에 대한 화를 가라앉히기에는 충분히 도움이 되었다. 더불어 부족한 나의 체력을 탓하기보다는 육아에 집중하기에도 훨씬 나았다.

육아 이전에도 청소를 잘하는 편은 아니었다. 그래도 물건이 있던 제자리에 그대로 가져다 놓고, 어지르는 편이 아니라서 그런대로 깨끗함을 유지할 수 있었다. 아이가 한 명씩 태어날수록 집은 점점 엉망이 되어갔다. 치우는 사람은 한 명인데, 어지르는 사람만 점점 늘어났다. 아이들은 어지르는 속도 또한 빨랐다. 그것과 비교하면 내가 정리나 청소를 잘하거나 손이 빨랐던 것도 아니었다. 물티슈는 나의 부족한 부분을 잘 채워줬다. 정리나 청소에 속도를 높일 수 있었고, 아이들이 어지럽힌 집이나 가구들도 어느 정도 해결할 수 있었다. 아이들을 좋아하지만, 본인이 아이들을 보고 싶을 때만 돌보는 신랑보다도 나에게 더 큰 도움이 되었다. 이제는 아이들도 꽤 자라났고, 막내도 16개월이 되었다.

점점 물티슈와도 거리를 두어야 할 것 같다는 마음이 생긴다. 어렵고 두렵기만 했던 초보 엄마를 어느 정도 벗어난 세 아이 엄마이니까 말이다. 여전히 얼렁뚱땅 살림도 육아도 대충 하고 싶은 대로 하고 있지만, 우리 아이들이 살아갈 미래도 생각해야 한다. 물티슈와 완전히 이별할 날은 언제일지 모르겠지만, 차츰차츰 줄여보고자 한다. 내 삶의 우선순위에 따라 조절해나갈 것이다.

때때로 TV에서 젊은 엄마들이 물티슈 사용하는 것을 보고 혀를 차는 기성세대를 보게 된다. 서로의 견해차가 있겠지만, 좀 더 넓은 마음으로 바라봐주기를 희망한다. 젊은 엄마들도 환경을 생각 안 하는 것은 아니고, 육아가 버겁다 보니 물티슈를 편하게 사용하게 되는 것이다. 기성세대들이 아이들을 키웠던 환경과 요즘 세대와의 특성 차이도 있을 것이다. 굳이 세대를 구분하지 않더라도 각자의 생활 방식에 따라서도 차이가 난다. 살림이나 육아를 잘해내는 젊은 엄마들도 있고, 살림이나 육아가 어설픈 어른들도 있을 테니까. 서로의 삶을 조금 더 유연한 시각으로 바라봐주면 좋겠다. 스스로에게도 엄격한 기준을 세우기보다는, 현재 삶의 우선순위에 따라 생활 방식을 선택하는 것도 한 방법이다. 환경이나 육아, 어느 하나 하찮은 가치는 없다. 스스로 감당할 수 있는 만큼, 소중한 가치들을 지켜나가는 방법으로 노력해나갈 뿐이다.

오늘도 나처럼 아이들과 알콩달콩 시간을 보내고 있을 엄마들을 응원하며 글을 마무리해본다. 육아의 숨은 공신과 함께 행복한 육아가 되길 바라며.

제2장

소중한 순간이 있었다

01 진심을 담아

- 김효진

결혼하고 네 번 이사했다. 남편은 이사할 때마다 버릴 거냐고 묻지만 나는 늘 다시 정리해서 새로운 집으로 가져간다. 프러포즈가 담긴 스케치북이다. 그때 계단에 켜놓았던 초도 아직 그대로 남아 있다. 하얗고 긴 손으로 우리 이야기를 썼을 남편이 생각나 버릴 수가 없었다. 책장 한쪽을 차지하고 있는 앨범 같다. 보지 않아도, 열지 않아도 소중한 기억이다.

"효진, 여기 대림역. 술 마시러 나와라. 여기 고달픈 영혼이 하나 있다. 놀아줘."

대학 선배 지환 오빠다. 여자 친구와 싸우고 힘든 친구 하나 있다며 술 마시자고 했다. 남편과 그렇게 처음 만났다. 결국 여자 친구랑 헤어졌고, 우린 자주 술을 마셨다. 연인 사이가 되었다. 술이 웬수다. 그래도 외로운 서울 생활에서 서로에게 힘이 되었다. 그렇게 7년이라는 긴 시간을 함께 보냈다.

남자 친구는 가끔씩 결혼에 대한 이야기를 꺼내곤 했다. 하지만 나는 결혼에 대해 진지하게 생각해본 적이 없었다. 나는 서울에서 자유롭게 살고 싶었고, 결혼이 나에게 불행을 가져올 수도 있다는 생각이 들었다. 7년 동안 우리는 자주 다투었다. 무뚝뚝한 남자 친구에게 애정 표현을 좀 더 자주 해달라고 요구하면서 싸움이 일어나곤 했다. 부모님의 불화를 보고 자란 나는, 결혼 후에도 자주 싸우게 될까 봐 걱정이었다.

어느 날 문제가 생겼다. 동생이 결혼할 남자를 집에 소개하자, 가족들이 내 결혼을 서두르기 시작했다. 부모님은 내가 남자 친구가 있는 것을 몰랐기 때문에 맞선 자리를 만들었다. 약속 장소에 나가 상대에게 결혼할 생각이 없다고 말했다. 차마 남자 친구가 있다고 말하지는 못했다. 집에 돌아와 동생을 먼저 결혼시키자고 말했지만, 부모님은 단호했다.

"첫째가 먼저 결혼해야지."

남자 친구는 나의 부모님이 서두르는 걸 보며 다시 결혼 이야기를 꺼냈다. 스물여덟 살, 나이를 되돌아보니 이제는 남들 다 하는 결혼 나도 해야 할 시기라는 생각이 들었다. 서른 살 되기 전에 결혼하는 것도 나쁘지 않겠다는 마음이 들었다. 농담처럼 속마음을 내비쳤다.

"프러포즈 맘에 안 들면 결혼 안 할 거야!"

"어떻게 해줄까?"

"그걸 왜 나한테 묻냐! 오빠는 엎드려 절 받으면 좋겠냐?"

마음과 다르게 그날 여러 가지 프러포즈에 관해 이야기했다. 멋진 레스토랑과 예쁜 옷, 맛있는 음식, 부드러운 음악과 디저트 속에 있는 반지! 여자라면 한 번쯤 꿈꿔본 프러포즈를 상상했다. 영화 속 프러포즈도 이야기했다. 생각하니 설렜다.

결혼을 결심하고 시부모님을 만나러 갔다. 형, 남자 친구, 여동생 이렇게 삼 남매였다. 여동생은 먼저 결혼해서 아이가 있었고, 형은 외국에서 일을 하고 있었다. 아버님은 나이가 많으셨다. 두 아들이 결혼 생각이 없어 누구라도 오기만 하라며 기다리고 계셨는지 바로 허락이다. 어머님은 내가 썩 맘에 들지 않는 표정이었지만 아들 장가보내는 시어머니라면 거의 비슷한 마음일 것 같았다.

나도 부모님께 남자 친구를 인사시켰다. 애인이 있었냐면서 오자마자 술을 먹였다. 얼마나 먹였는지 인사불성이 되었다. 뭘 확인하려고 사위 될 사람에게 술을 먹이는지 모르겠다. 아빠도 남자 친구가 성에 차지 않았던 모양이다. 지금은 뭐, 딸보다 사위를 더 좋아한다.

양가 부모님 허락받고 상견례도 했다. 날짜도 잡았는데 프러포즈를 하지 않는다. 이 남자 원래 무뚝뚝한 데다 세심하지도 않다. 연애는 내가 두 번째라고 했다. 자꾸 눈치를 주어도 못 알아듣는다. 이러다가 프러포즈에 'ㅍ'도 못 받고 결혼식장에 들어가야 할 판이다.

"프러포즈 하긴 할 거야? 안 하면 결혼 안 할 거라고 했잖아? 진심이야. 식장에 안 갈 거야! 잡은 물고기도 밥은 줘야지!"

나는 그때 신대방역 근처에서 자취하고 있었다. 남자 친구 살던 집에서 5분 거리다. 결혼식이 한 달도 남지 않은 어느 날이었다. 내 작은 자취방은 2층에 있다. 주말이었는데 그날도 함께 집에서 영화를 보고 있었다. 갑자기 화장실에 간다며 나갔다. 영화를 한참이나 보고 있었는데도 오지 않아서 방문을 열고 나갔다. 화장실에 없었다. 바깥문을 연

순간 쪼그려 앉은 채 계단마다 초를 켜고 있는 모습이 보였다. 눈이 마주쳤다. 남자 친구의 눈빛이 흔들렸다.

"어… 나 다시 들어갈게. 필요하면 불러!"

후다닥 문을 닫고 들어갔다. 늘어진 티셔츠에 헐렁한 바지 하나 입고 있었다. 머리는 뒤로 묶고 세수도 하지 않았다. 이런 순간에 프러포즈를 할 줄은 몰랐다. 평생 기억에 남을 프러포즈인데 세심하지 못한 남자 친구가 밉다는 생각이 들었다.

"나와 봐." 에라, 모르겠다. 밖으로 나갔다. 계단 칸마다 양쪽으로 초가 켜져 있었다. 바람이 불어 초가 꺼질 것처럼 흔들렸다. 맨 아래엔 하트 모양으로 촛불이 켜져 있었다. 그 안에 남자 친구가 스케치북을 들고 서 있었다. 내가 나오자, 스케치북을 한 장씩 넘기기 시작했다.

처음 만났던 날, 눈 내리던 겨울 바다와 포장마차, 영화 '클래식' 보던 날, 사귀기로 한 날, 술 마시고 찜질방 갔던 일, 100일이 7년이 되고, 여행도 가고, 서로의 친구들에게 소개시켰던 날. 한 장 한 장에 우리가 지내온 추억을 새겨놨다. 무뚝뚝하고 재미없는 나와 늘 함께 해주어 고맙다고, 앞으로도 함께하자고 했다. 스케치북 마지막 장엔 '사랑해'라고 적혀 있었다. 심장이 두근거렸다.

함께 봤던 영화 '러브 액츄얼리'에서 사랑 고백을 하던 장면을 보면서 했던 말이 생각났다. "나도 저런 고백 받아봤으면 좋겠다." 스치듯 했던 나의 말 한마디를 기억하고 있었다. 사랑 표현 못하는 무뚝뚝한 사람. 그 사람이 기억해준 말 한마디에 서운한 마음 순식간에 다 녹아버렸다. 평생 오늘만 기억하면 무슨 일이 생기든 다 괜찮을 것 같은 기분이었다.

2009년 4월 12일, 우리는 결혼했다.

02 내 책 덕분에

- 백란현

겨울방학식, 학생들에게 103쪽 되는 얇은 책을 선물했다. 내가 맡은 5학년 1반 학생들 각자 네 편씩 작품을 제출하여 만든 책이다. ISBN도 발급받았다. 인터넷 서점에서도 판매되기 시작했다. 학급에서 3월에 사용할 예산 20만 원을 쓰지 않고 가지고 있었다. 그 돈으로 12월에 우리 반 학생들 공저 시집 27권을 주문했다.

5교시 마친 후 집에 가야 하는 데 학생들 열 명이 남아 있다. 칠판에는 '백란현 팬 사인회'라고 적어놓았다.

"너희들 시집인데 선생님이 사인해도 되나? 너희가 작가인데."

치과에 가기 위해 조퇴를 신청한 상태였다. 교실 책상 줄이라도 맞추고 문단속하려면 여유 시간이 많지 않았다.

"태어나서 처음으로 작가님 사인 받아요."

시집 엮은이 자격(?)으로 저자 사인을 시작했다. 내가 한 글자, 한 글자 쓸 때마다 감탄했다.

'TO. 김윤 작가님, 삶이 글이 되는 김윤, 시를 닮은 김윤, 출간 축하해요. 2023. 12. 28. 백란현 작가.'

아이들 이름 뒤에 작가님이라고 붙였다. 사인하는 모습을 보고 있던 아이들은 '와' 소리를 냈다. 내가 가르친 아이들이 작가가 되었다. 심호흡하고 사인을 이어갔다. 『시를 닮은 아이들 2』 사인본을 받은 학생들에게 오늘은 어떤 하루일까.

1년 전 12월, 교보문고 잠실점에서 저자 사인회를 했다. 성탄절을 느낄 수 있도록 빨간 머리띠 두 박스를 준비했다. 7년 만에 구두도 신고 원피스도 입었다. 셋째 출산 후 들어가지 않은 배를 가리느라 펄럭이는 셔츠만 입고 다녔다. 오늘은 내가 주인공이다.

김해 사는 사람이 서울에 있는 교보문고에서 저자 사인회를 하다니. 믿어지지 않는 일이었다. 서울에 사는 고등학교 친구 한 명 말고는 초대할 사람도 없었다. '자이언트 북 컨설팅' 소속 작가님들 아니었다면 이런 기회는 없었다. 감사한 기회다. 나보다 먼저 출간한 선배 작가도 많다. 사인회 할 자격이 되나 하는 마음도 들었다. 먼저 사인회 기회를 받은 만큼 같이 공부하고 있는 작가들 챙겨야겠다고 생각했다. 그들이 원한다면 말이다.

함께 공부하는 작가들을 위해 어떤 문구를 써야 할까 고민했다. 한 달 동안 틈날 때마다 사인 연습을 했다. 어른이 된 후 손으로 글씨 쓸 일이 많지 않았는데 네임펜, 볼펜 가리지 않고 다양하게 써보았다.

'읽고 쓰는 삶으로 조금 다른 인생 만들어요. 2022. 12. 17. 백란현 작가.'

세 달 전 사인회 주인공이었던 김한송 작가가 배너를 만들어주었다. 나를 위한 배너. '백작 독서교육 백란현 작가 사인회'라는 말을 넣었다.

책 사진, 내 얼굴, 배너 문구. 정성을 보여준 김한송 작가 덕분에 배려를 배웠다. 책이 있었기 때문에 사인회 기회도 생겼고 배너도 선물 받았다.

책 출간 일 년 되었을 때 공저자와 함께 유치원 학부모를 만날 기회가 생겼다. 창원에서 대구 가는 열차를 탔다. 청중에게 선물로 줄 나의 첫 책도 세 권 챙겼다.

공저자들을 초대한 김혜련 작가도 나를 위한 배너를 만들어주었다. 보랏빛 배너가 마음에 들었다. 개인 저서, 공저, 전자책 표지도 넣어주었다. '초등 독서교육 전문가, 책 쓰기 코치'라는 문구에 책임감이 느껴졌다. 내 책이 있으니 배너도 선물받고 강연까지 할 수 있다는 사실을 또 한 번 확인했다.

작가가 되기로 결심했을 때는 책을 내면 추가 소득을 벌 수 있지 않을까 생각했다. 책 쓰기 공부와 출간 과정을 통해 돈보다 더 중요한 경험을 했다. 초고 완성했을 때의 뿌듯함, 퇴고와 투고를 거쳐 출간 계약을 했을 때의 벅참, 독자의 반응, 그리고 강연과 사인회까지. 내 책이 다른 사람에게 영향을 준다는 사실을 개인 저서와 공저를 출간하면서 알아가기 시작했다.

두 분 작가가 선물로 준 배너는 내 방에 세워두었다. 강의할 때마다 바꿔서 걸어본다. 배너가 나를 대변하는 것 같다. 배너에 쓰인 문구에 책임져야겠다는 마음도 가진다.

저자 특강도, 책 쓰기 무료 특강도 진행한다. 요청에 따라 초등학생 동화책 읽기, 독서토론, 멘탈 관리법까지 강의 영역이 넓어지고 있다. 학생 시집을 다섯 권 만들어본 경험을 활용하여 부크크 사이트 활용해서 내 책 만드는 방법도 강의한다.

내 책 덕분이다. 내 안의 빛나는 글이 있다. 빛나는 글은 종이에 써야만 독자가 알 수 있다. 책을 낸 경험으로 강의와 강연을 한다. 강의와 강연을 한 경험을 블로그에 올린다. 출간 후 경험하는 모든 일을 블로그에 담고자 노력하고 있다. 블로그 글은 책 쓸 때 글감이 된다. 어느 목차에 에피소드로 들어갈지는 알 수 없다. 써둔 블로그 글을 원고에 넣을 때 콘셉트에 맞게 다시 조립한다. 블로그가 대신 기억을 해주는 덕분이다.

추가 소득을 생각했던 작가 지망생 시절, 얕은 생각을 가졌었다고 반성한다. 책을 통해 다른 기회를 얻는 것도 일부 맞는 말이지만 책은 그 자체로 인생이다. 경남로봇고등학교에서 교사 대상으로 강의해달라고 했다. 강사비 물어보지도 않았다. 한 명의 교사라도 더 많이 만나서 '읽고 쓰는 삶'을 권하고 싶었기 때문이다. 선물할 책 일곱 권을 챙겨 갔다. 출간 책 덕분에 만남의 기회를 놓치지 않았다. '선생님 책 쓰세요'라는 말에 무슨 소리냐는 표정이었지만 스토리텔링으로 풀었던 이야기 덕분에 선생님들은 한 시간 지루해하지 않고 잘 들어주었다. 뻔한 소리로 여길지 모르겠지만 '사제동행, 읽고 쓰는 삶'을 강조했다. 학생을 위해 교사가 '본보기'가 되어야 한다는 뜻이지만, 교사가 읽고 쓰다 보면 학생과 교사 모두 개인 저서를 가질 수 있다.

2024년, 울산 사서 교사 대상으로 강의를 이어갔다. 현장 강의에서 나를 라이팅 코치라고 소개했다. 읽고 쓰는 삶 전하는 강사로 설 수 있는 기회가 늘어나고 있다. 나를 만나는 사람들도 자신의 책 덕분이라는 말하면서 살도록 도울 생각이다. 각자의 삶에 빛나는 글을 세상에 내어놓을 수 있도록 돕는 사람은, 출간 작가이자 라이팅 코치 백작이다.

03 휴대전화 알람 소리

- 서한나

15년 차 장애인재활상담사다. 대학교에서 직업재활을 공부했다. 직업재활은 장애인이 직업을 가질 수 있도록 직업평가, 직업적응훈련, 취업알선 등을 서비스한다. 장애인 취업 전문가라고 할 수 있다. 그중에서 직업평가 업무를 주로 한다. 직업평가는 장애인의 잠재 능력을 파악한다. 장애인 능력을 평가하는 도구들이 있다. 도구를 활용해서 결과를 얻고, 직업 능력을 예측한다. 예측된 결과로 훈련이나 취업을 할 수 있도록 알려주는 역할을 한다.

장애인 복지에 관심 가지게 된 계기는 고등학교 2학년 때 다녀온 수련회 때문이었다. 충북 음성 '꽃동네'에 갔다. '꽃동네'는 천주교재단에서 운영하는 종합사회복지시설이다. 장애인, 아동, 노인, 노숙인 등 여러 복지시설이 마을을 이루고 있다. 수련회에서 꽃동네 설립 배경과 봉사 이론교육을 들었다. 봉사 시간, 매칭된 분과 시간을 보냈다. 말벗하고, 이동할 때 도왔다. 방학 때 봉사 시간을 채우기 위해 하는 봉사와 달랐다. 내 도움이 필요한 사람이 있다는 것을 알게 됐다. 어떤 직업을 가져야겠다는 생각이 없었는데, 그 일은 하고 싶었다. 그 이후 교회에서 진로에 관해 이야기할 기회가 있었다. 사회복지를 전공하는 교회 오빠가 직업재활학과에 관해 알려줬다. 직업재활학과로 진학했다.

2023년 1월 1일 아침, 휴대폰 카톡 알람이 울렸다. 식탁 위에 올려둔 휴대폰을 집어 들었다. 카톡을 보낸 사람은 A였다. 잘못 온 문자인가 싶었다. A는 내가 직업평가 업무를 하던 초기에 만났던 이용자다. A를 안 10년간 카톡을 주고받은 적이 없다. 카톡 내용은 이러했다.

'선생님. 저 A예요. 제가 선생님한테 한 번도 새해 인사를 한 적이 없는 것 같아서요. 죄송해요. 선생님이 잘해주셨는데. 고맙다고도 못 했어요. 새해 복 많이 받으세요. 선생님.'

카톡을 읽는데 가슴이 아릿했다. 말로 표현할 수 없는 이상한 느낌이었다. 살면서 A에게 연락받을 일이 없을 거라 여겼다. A를 안 것은 A가 고등학교 2학년인 2013년 5월이다. 직업평가를 진행하는 날이었다. 상담실 안으로 들어온 모습이 아직도 기억난다. A는 할머니와 함께 방문했다. 직업평가를 하기 전에 기본 정보를 알기 위해 질문한다. A는 얼굴이 붉어지거나 고개를 숙였다. A의 할머니는 애가 숫기가 없어서 그렇다며 걱정하셨다. 나는 할머니에게 평가받는 날이라 떨려서 그럴 거라며, 잘할 수 있을 거라고 안심시켰다. A는 고등학교를 졸업하고 내가 다니던 기관을 이용했다. 오다가다 마주칠 일이 종종 있었다. 손을 흔들며 이름을 부르고 인사한다. A는 나를 멀뚱멀뚱 쳐다보며 얼굴만 빨개진다. 잘 지냈는지 요즘 뭐 하는지 물어도 대답하지 않는다. 나는 신경 쓰지 않고 볼 때마다 말을 걸었다. A는 꾸준히 대답이 없었다.

쑥스러움이 많아 쭈뼛대던 녀석이 이렇게 문자를 보내다니 놀랐다.

기분이 좋아 남편에게 휴대폰을 들이밀며 자랑했다. 10년이면 강산이 변한다고 하더니, A도 변했다. 그 이후 종종 A와 연락하고 있다. 얼마 전에는 그간 고마움을 전한다며 케이크 쿠폰을 보내왔다. 내가 케이크를 좋아할 것 같아 챙겨주고 싶었다는 메시지도 있었다. 선물은 부담스러웠다. 취업해서 돈을 번다고 해도 적지 않은 금액이다. 카카오톡에서 선물을 취소할 수도 있어 순간 고민됐다. 보내준 마음을 생각해본다. 거절하는 게 상처가 될 수도 있을 것 같았다. 깜짝 선물에 기분 좋다고 말했다. 다음에는 선물 대신 마음만 받겠다는 이야기도 덧붙였다.

B는 매일 나에게 카카오톡을 보낸다. 먹고 있는 음식, 간 곳, 받은 선물 등을 사진으로 보낸다. 일주일에 한 번은 전화한다. B는 자폐성 장애인이다. 자폐성 장애인은 사회적 상호작용이 어렵다. 규칙적인 것을 선호한다. 반복적인 행동을 한다. 질문에 다른 대답을 하거나, 일방적인 의사표시를 하기도 한다.

회사에서 나들이를 갈 때 B와 짝꿍으로 활동했다. 그 이후 B는 나에게 카카오톡을 했다. 그러다 나에게 전화도 하기 시작했다. 자폐성 장애인이라 정해진 규칙대로 하는 것을 좋아한다. 나에게 전화하는 시간은 매주 금요일 저녁 7시 10분이다. 늘 같은 시간에 전화가 온다. 처음 전화했을 때는 본인이 할 말만 하고 끊었다. 전화를 7년째 하고 있다. B가 바뀌었다. 내가 질문하면 답한다. 틀린 말을 할 때면 내가 고쳐준다. 그러면 자기 말을 바꾼다. 상황에 맞는 말도 한다. 내가 이직했을 때, 어떻게 알았는지 이직한 직장 정보를 줄줄 읊었다. 내가 임신과 출산을 했을 때도 축하해줬다. 얼마 전에는 아이가 감기로 아팠다고 이야기해줬더니, 부루펜 시럽과 백초 시럽을 먹어야 한다고 했다.

처음 연락할 때는 대화가 안 됐다. 나에게 하는 말도 아니었다. 계속 전화와 카톡을 하다 보니 제법 의사소통이 된다. 본인 일상도 적절히 섞어서 말해준다. 이런 소소한 변화들이 재미있다. 작은 변화들이 쌓였다. 처음 통화할 때에 비하면 큰 변화다.

첫 직장은 장애인주간보호센터였다. 주간보호센터는 장애인들이 유치원처럼 이용할 수 있는 기관이다. 주로 중증 장애인이 많다. 내가 맡았던 스무 명 장애인 중 말을 할 수 있는 사람은 다섯 명 정도였다. 신변 처리에 도움이 필요한 장애인도 있었다. 처음 장애인재활상담사로 근무할 때라 열정만 넘쳤지, 부족한 게 많았다. 담당했던 장애인 중 서너 명은 십사오 년째 연락을 주고받고 있다. 해가 바뀔 때, 명절, 크리스마스 등 특별한 날에 연락이 온다. 가끔 무슨 일을 하고 있다든가, 어디를 다녀왔다든가 하는 소식도 전해준다. 나는 십오 년 전에 알던 사람들과 지금 연락하는지 생각해본다. 대학 때 같이 놀던 친구들 세 명을 제외하고는 없다. 그나마도 각자 생활이 바빠 자주 연락하지도 않는다. 나도 예전에 알던 사람들에게 연락하지 않는데, 오랜 시간이 지난 지금도 연락을 해주니 고맙고 소중하다.

휴대전화가 있어 이용자들과 소식을 주고받을 수 있다. 문자나 전화가 온다는 것은 그들이 성장하고 있다는 증거다. 나를 기억해주고 있다는 뜻이기도 하다. 좋은 연락을 주고받을 수 있는 휴대전화가 참 소중하다. 휴대전화 알람이 울리면 기대가 된다. 누가 어떤 이야기를 전해줄까 궁금해진다.

04 캐릭터 사진

- 이선희

한 장의 캐릭터 사진은 짧은 순간의 추억을 줍는다. 좋았던 감정은 시련, 고통을 완화한다. 12월 15일, 잠실 교보문고에서 이영란 작가님 출간 기념 사인회가 열린다. 유한이 데리고 올라가야 한다. 유한이는 내가 돌보는 손주 1호이다. 마침 자이언트 공저 8기가 이영란 작가 출간 기념회를 위해, 엄정화의 '페스티벌' 음악에 맞추어 춤을 추기로 했다. 유한이도 공저 8기와 함께 춤을 추어야 한다. 그동안 틈틈이 노래 틀어주고 춤 연습했다. 작가들 미리 만나서 연습해야 한다. 낮 두 시에 만났다. 잠실 교보문고에 구석진 자리 찾았다. 백란현 작가가 소품을 준비해 왔다. 다른 작가들도 모였다. 음악을 틀고 춤 연습했다. 음악과 춤이 맞지 않으니 걱정이 많다. 마침 윤희진 작가의 아이디어로 혼자 춤을 추기로 하고 우리는 같은 댄스로 결을 맞추었다. 마지막에 유한이가 한 바퀴 도는 것으로 마무리다.

연습을 끝내고 출간 사인회장에 도착하니 작가들이 와 있다. 반가운 얼굴이다. 12월이라 작가들이 많이 참석했다. 서로 인사 나눈다. 나보다 유한이가 더 회원 같다. 모르는 사람이 없다. 길게 늘어선 출간 사인회 마치고 2차로 주변에 있는 음식점으로 갔다. 매달 셋째 주면 사인회 마치고 모이는 장소이다. 이곳에서 그동안 쌓인 대화 맛있게 나눈다. 음식도 먹고, 하고 싶은 말 쏟아낸다. 글쓰기 코치들 출판사에 투고할 때 힘든 점, 사람 모으기의 어려움, 마케팅 고충, 선배들 경험도 듣는다. 삼삼오오 모여 말을 트고, 관계가 형성된다. 사람은 일단 만나야 한다. 낯선 이들도 잠실 교보문고 한 번만 다녀가면 정보 감정 나누는 글쓰기 동반자가 된다.

주인공인 이영란 작가 예쁜 딸 둘과 노래 부른다. 보기 좋다. 사진으로 저장해놓는다. 딸이 없는 섭섭한 마음을 꾹 누르며 두 딸을 부러워하는 것으로 대신한다. 둘 다 미인이다. 엄마도 예쁜데 딸들은 더없이 젊고 아름답다. 감탄하다가 옆에 윤희진 작가에게 꼬집힌다. 이영란 작가가 초대한 테너 가수도 왔다. '12월의 어느 멋진 날' 노래 불러주었다. 축제장에 온 것 같은 기분이다. 소맥을 말아서 기분 좋게 마시며 작가들과 회포 풀었다. 그리고 자이언트 공저 8기가 준비한 엄정화의 '페스티벌' 노래를 백란현 작가가 불렀다. 윤희진 작가가 춤추고 우리는 함께 반복 스텝을 밟았다. 윤희진 작가가 춤출 때, 유한이가 한 바퀴 돌 때 환호성과 박수가 터졌다. 이영란 작가 출간 축하 무대다. 다른 작가 축하해주는 일도 이렇게 소중하고 행복하다. 나도 올 여름이면 축하 무대에서 노래 부르고 유한이 춤추는 모습 그려본다. 입가에 미소가 번진다. 오늘은 청주에 내려가지 않아도 되는 날이다. 끝까지 남아 있었다.

삼성역 근처에 있는 비즈니스호텔에서 1박 하기로 했다. 추운 날이다. 눈도 많이 왔다. 청주에서 남편이 걱정되는지 전화했다. 비즈니스호텔에 가서 전화하기로 했다. 마침 이현주 작가 남편도 눈이 너무 많이 왔으니, 집에 오지 말고 숙소에서 자고 오라고 한다. 이현주 작가, 유한이, 나 이렇게 세 명이 지하철 타고 삼성역에 도착해서 숙소를 찾아갔다. 멀지 않은 곳에 있었다. 와우! 진짜 비즈니스호텔이다. 아들이 예약해놓았다. 데스크에서 키를 받고 6층으로 올라갔다. 침대 하나, 그리고 화장실이다. 가격 대비 놀라울 정도로 간단한 시설이다. 역시 서울이다. 이 부분도 이해해야 한다. 추운 겨울에 몸 하나 눕힐 곳 있으면 감지덕지 아닌가, 이렇게 생각하며 씻고 누웠다. 이현주 작가와 글쓰기 고객 어떻게 모을지에 대해 이야기 나누었다. 글빛 백작을 운영하는 이현주 작가다. 심리 공부하는 분들 공저 진행에 대해 나누었다. 배울 점이 많았다. 해냄의 1인기업도 돌아볼 수 있는 귀한 시간이었다.

다음 날 아침, 2호선을 타고 잠실 교보문고에서 내렸다. 이현주 작가는 그 길로 동서울 강변역으로 갔다. 천안에 있는 집으로 갈 예정이다. 유한이와 나는 가볍게 지하 음식점에서 아침을 먹었다. 나는 컵밥을, 유한이는 떡꼬치 먹는다고 한다. 식사 후 바로 도착한 곳이 롯데월드 전망대다. 사람들이 길게 줄을 서 있다. 전망대와 아쿠아리움이 오늘의 여행 일정이다. 이왕 롯데월드 왔으니, 유한이 롯데월드 120층 보여주고 싶었다. 아쿠아리움도 유한이가 좋아하는 코스다. 1시간 20분 이상 서 있었다. 한 무더기 사람들이 내려오면 올라갈 수 있는 구조이다. 어렵게 전망대에 올라갔다. 20년 전에 서울에서 가장 높은 곳은 여의도에 있는 63빌딩이었다. 경복궁 들러서 63빌딩 아쿠아리움에 다녀간 기억이 새롭다. 그런데 지금 가장 높은 곳은 120층이다. 세월의 변화를 느낄 수 있었다. 120층에 도착하니 아이스크림을 판다. 두 개 사서 자리에 앉았다. 그리고 전망대 기념으로 사진 찍었다. 한 시간 넘게 기다렸다, 올라오느라 지친 유한이 힘들어한다. 그런 유한이 붙들고 사진 열심히 찍어주었다. 사람이 많다. 목을 축이고 돌아서니 캐릭터 사진을 그려주는 곳이 있다. 찍는 것이 아니고, 네 명이 그리고 있다.

전망대 올라오기 전 여러 군데에서 돈 받고 사진을 찍어주는 장소가 있다. 그런 사진은 찍고 싶지 않았다. 무심히 올라왔는데 캐릭터 그리는 모습 보니까 유한이와 함께 의미 있는 시간을 저축하고 싶어졌다. 네 명 화가가 나란히 그리고 있는데 안쪽으로 들어가라고 해서 깊숙이 들어가 앉았다. 약 15분 동안 그린다. 움직여도 되고 웃어도 된다. 초상화가 아닌 캐릭터는 인공지능 시대와 동떨어져 보이는 작업이다. 그런데 정감이 있다. 화가가 앉아서 꼼꼼하게 그린다. 찬찬히 살핀다. 보고 또 본다. 이렇게 남긴 작품 캐릭터이다. 이 사물 하나가 오랫동안 유한이에게 의미 있는 물건으로 남을 것이다. 전망대의 기억, 아쿠아리움의 바다사자 쇼, 그리고 할머니와 목마를 탄 추억을 모았다. 수시로 꺼내 보면서 시련과 곤경을 극복하도록 돕는 사물이 되기를 기도한다.

좋은 기억은 살면서 어려운 일 겪을 수 있는 유한이에게 한 줄기 희망의 물건, 추억의 사물이 될 것이다. 이제 나이가 들어서인지 이런 생각이 든다. 언젠가 사라진다. 아니, 유한이보다 먼저 사라질 확률이 높다. 유한이가 예쁜 기억과 사랑이 담긴 사물을 통해 아무 일 없었다는 듯이 슬며시 일어나 원래의 모습으로 기운을 차릴 수 있었으면 하는 마음이다.

캐릭터를 받아서 들었다. 액자까지 만들어서 봉투에 넣어주었는데 수시로 꺼내 보았다. 내가 모자를 쓰고 있었는데 모자 색깔과 비슷한 색으로 배경을 깔아주었다. 똘망똘망한 유한이 얼굴, 그리고 그 옆에서 편하게 웃는 나의 모습이다. 손주 티셔츠의 모양, 내 티셔츠의 모양을 똑같이 그렸다. 그 순간은 이미 지나가버렸는데 캐릭터 한 장 속에 그때의 기분과 감정이 그대로 남아 있다. 함께 여러 번 꺼내 보았다. 그리고 유한이에게 물었다.

"이 사진 할머니와 유한이 왜 그렸을까?"

영특한 유한이 이렇게 말한다.

"할머니 하늘나라 갔을 때 내가 보라고."

그래, 맞아. 힘들고 어려울 때 저 하늘에서도 너 열심히 지켜줄 할머니 있다고 생각하면서 기분 좋게 웃고 바로 일어나는 거야! 이렇게 대화 나누었다. 유언은 죽기 전에 하는 것이 아니다. 살면서 남기는 한마디, 한마디다. 이 말들이 오랜 기억으로 살아남아 유한이의 저장소에 차곡차곡 쌓이기를.

사물이 주는 힘은 위대하다. 부모님이 남긴 사진 한 장, 그리고 엄마의 편지 한 통, 사랑하는 남편 떠올리게 만드는 추억이 깃든 물건, 이런 것들을 어루만지면서 삶의 고통을 이겨내는 사람들이 있다. 유한이와 작은 추억의 시간을 붙들었다. 경험을 많이 선물하고 싶은 것이 할머니의 마음이다. 추위도 뚫고 시도한 겨울 여행에서의 캐릭터는 오랫동안 유한이에게 사랑받는 물건이자 수호신이기를 소망한다. 아름다운 기억은 살면서 고통과 절망, 외로움 이겨내는 극복의 힘을 줄 것이다. 그리고 살아갈 날의 희망을 뿌려준다.

05 핸드 드립 커피(hand drip coffee)

- 이정화

아메리카노를 좋아한다. 원두커피 향도 좋고, 마시고 나면 깔끔한 뒤끝이 좋다. 연하게 마시면 구수한 보리차 같기도 하다. 피곤할 때 마시면 힘이 나고, 졸릴 때 마시면 정신 번쩍 든다. 아메리카노도 커피숍에서 마시는 것과 손수 내려 마시는 핸드 드립 커피가 맛이 다르다. 직접 내린 커피는 깔끔한 맛이 느껴져서 마실 때 입안이 개운하다. 배가 고플 때면 우유가 들어간 라떼를 마시기도 한다.

작년 여름이었다. 몽산포 해수욕장에서 지인들과 만나기로 했다. 해수욕장 입구 주차장에 차를 댔다. 모래사장으로 향했다. 가는 길에는 풍선 터뜨리는 게임장도 보였다. 편의점, 민박집도 있었다. 햇볕이 따가웠다. 두 눈을 제대로 뜰 수가 없었다. 그늘을 찾았다. 텐트와 돗자리 펼칠 공간에는 민박집의 이름이 표시되어 있었다. 모래사장 가까운 곳에 영역을 표시해두어 나무 그늘은 엄두도 못 내었다. 높은 탑이 있는 옆에 탑 그림자를 그늘 삼아 자리를 폈다. 돗자리에 앉아서 각자 가져온 간식들을 내놓았다. 떡, 옥수수, 오이, 포도, 사과, 집에서 직접 내려 가져온 커피도 있었다. 얼음과 투명 플라스틱 컵도 있었다. 커피는 새벽에 일어나서 직접 내렸다고 했다. 플라스틱 투명 컵에 얼음을 넣고 커피를 부었다. 갯벌과 바다를 보면서 커피를 한 모금 마셨다. 시원한 커피를 마시는 순간 긴장감이 날아갔다. 내가 좋아하는 커피, '아메리카노'였다. 그것도 더운 날 마시면 더 좋은 '아이스 아메리카노'다. 모임을 위해 전날 얼음을 얼리고 새벽에 일어나서 커피를 내리고 했던 동생의 행동을 생각하니 감동이 밀려왔다.

N 동생이 가져온 김치 통 안에는 갈퀴, 작은 삽, 호미가 들어 있었다. 햇살이 뜨거웠다. 나도 모르게 눈이 찌푸려졌다. J 언니가 모자까지 빌려주니 조개를 안 캘 수 없었다. 음식을 먹는 동안 탑의 그림자가 이동했다. 탑 아래쪽과 연결이 되어 있는, 삼단으로 된 길고 넓은 계단으로 자리를 옮겼다. 아쿠아 신발로 갈아 신고 모래사장에 발을 디뎠다. 발이 푹푹 들어가는 느낌은 없었다. 푹신하게 느껴졌다. 아들은 갈퀴를 들고 나는 호미를 들었다. 아들은 한참을 가다 갈퀴로 모래를 몇 번 뒤적였다. "엄마, 조개 찾았어!" 조개는 흰색이었다. 연한 갈색의 가로줄이 조금씩 보였다. 첫 수확이었다. N 동생이 김치 통에 물을 조금 담았다. 잡은 조개를 받아 넣었다. 조개는 생각보다 컸다. 내 손바닥 반을 가릴 정도였다. 나도 옆에서 호미로 뒤적였다. 좀처럼 나오지 않았다. 20번 넘게 호미질을 하면 겨우 손톱만 한 작은 조개를 하나 발견하는 정도였다. 작은 조개는 더 크라고 다시 놓아주었다. 바다 쪽으로 다시 걸어 나갔다. 사람들이 군데군데 장비를 들고 저마다 가져온 통에 조개를 담고 있었다. 어떤 아이들이 있는 플라스틱 그릇에는 작은 조개들도 많이 보였다. 많은 사람이 왔다 간 탓일까? 큰 조개는 보이지 않

았다. 그나마 작은 조개도 많은 호미질을 해야 발견할 수 있는 수준이었다. 장비가 있다고 다 잘 캐는 건 아니라는 것을 알았다. 조개가 없었다. 바다 쪽으로 또 걸었다.

갯벌이 생각보다 넓었다. 갯벌 모래를 보며 걸었다. 작은 게들이 만들어놓은, 동그란 모양의 모래공이 아주 작게 만들어져 여기저기 모여 있었다. 구멍도 여러 군데 있었다. 인기척을 느끼면 일제히 구멍 속으로 숨었다. 가까이 가야 보였다. 갯벌 속에서 제 일을 하며 살아가는 게들을 보니 새로웠다. 자연의 위대함도 느낄 수 있었다. 바다 쪽으로 더 걸어가니 물이 덜 빠진 갯벌이 있었다. 발에 물이 느껴졌다. 걸을 때마다 첨벙 소리가 났다. 갈퀴로 모래를 팠다. 조금 큰 조개들도 나왔다. 하늘로 고개를 들었다. 구름이 몇 점 보이지 않는 파란 하늘이었다. 사진을 찍었다. 파란 하늘과 갯벌이 어우러져 한 폭의 그림같이 느껴졌다. 내가 있는 논산에서는 보지 못하는 풍경이다. 지금도 이 사진은 나의 카톡 프로필로 되어 있다.

N 동생이 준 1.5리터 플라스틱 병에는 커피가 들어 있었다. 일주일간 집에서 손수 내린 커피를 마실 수 있었다. 한 주 동안 그날의 추억과 함께 마시는 커피였다. 나는 누군가에게 이렇게 할 수 있을까? 잠시 반성하는 시간도 가져보았다. 하루에 1잔, 때론 2잔도 마셨다. 커피를 진하게 마시는 편이 아니라 물을 조금 더 부어서 마시기도 했다. 정성스럽게 손수 내린 커피를 생각하면 지금도 마음이 따뜻해진다.

사람마다 타고난 성품도 다르고 역할도 다르다. 나도 누군가에게 도움이 되는 일을 어떻게 하면 좋을까 생각해본다. 행동으로 안 되면 글을 통해 누군가에게 도움이 되는 글을 써보려 한다. 글쓰기 수업 시간에 배웠던 다양한 템플릿으로 위로하는 글, 용기를 주는 글을 쓰자고 다짐해본다. 라이팅 코치로서 배움을 나누고, 함께 글 쓰는 삶을 살고 싶다. 공저를 쓰면서 배웠던 일도 나누고, 글로 마음을 따뜻하게 해주는 사람이 되고 싶다.

06 거실 인테리어, 뭣이 중한디?

- 정은주

'마쵸(macho): (거칠게) 남자다움을 과시하는[으스대는]'

- 네이버 사전

남편에게는 '마쵸' 정신이 있다. 자신의 손을 거치는 것을 좋아한다. 본인 덕에 일이 잘되는 거라고 말한다. 돈키호테 같은 이상한 쾌감을 즐긴다. 금요일마다 아이들 도시락을 준비한다. 학교 급식이 없는 날이다. 매일 사용하는 게 아니다 보니 따로 보관한다. 문제는 남편이 설거지를 할 때다. 물기 마른 도시락을 싱크대 제일 높은 곳에 넣어둔다. 내 키는 155㎝. 천장이 높아서 부엌 싱크대 상부장도 높이 설치되어 있다. 의자를 가져가 올라가도 손이 닿을락 말락 한다. 꺼내달라고 부탁하면 되는데, 왠지 키 작음을 커밍아웃하는 기분이다. 긴 튀김 젓가락으로 휘적거렸지만 실패했다. 하는 수 없이 남편을 부른다. '왜 손이 안 닿지?'라는 메시지가 남편의 처진 눈꼬리에서 읽힌다. 손을 뻗어 한 번에 도시락을 내려주는 목소리에 승리자의 여유가 묻어 있다.

"내가 아니면 안 되지?"

이런 식이다. 환장할….

다락방만 해도 그렇다. 처음부터 사다리를 설치하면 되는데 굳이 본인이 올라가면 된단다. 접었다 펴야 하는 간이 사다리를 사용한다. 다리가 성한 사람이라면 상관없다. 불편하긴 해도 아예 못 올라갈 정도는 아니다. 사다리 끝과 다락방과는 손바닥만 한 간극이 있다. 혹시 떨어질까 봐 불안하다. 넘어가려고 몇 번 시도하다가 포기했다. 계절 바뀔 때마다 남편 혼자 올라가서 옷이랑 선풍기 등을 내려주는 게 번거롭다. 지난 5년 동안 다락을 구경한 적도, 올라가본 적도 없다.

이런 불편함이 생활 전반에 깔려 있다. 마지막으로 남편을 생각해서 제보 하나만 더 하겠다. 남편은 같이 살아보지 않으면 모를 쇠고집이 있다. 자신의 기준으로 생각하고 밀어붙이는 면이 있는데, 그중 하나가 '건조기 구입'에 관한 것이다. 우리 집은 주택이라서 베란다가 없다. 빨래는 거실 앞 테라스에 넌다. 남향이라 햇볕도 잘 든다. 문제는 골목을 지나는 사람들에게 바로 보인다는 것이다. 집 주변이 공장 지대라 점심 시간에 산책하는 사람이 많다. 속옷은 반드시 집 안에 넌다. 몇 년 전 52일간 장마가 지속됐다. 거실은 물론 안방까지 빨랫줄이 생겼다. 방문 손잡이, 운동 기구 위, 의자 등 집 전체가 빨래로 덮였다. 빨래가 제대로 마를 리 없었다. 어느 날, 학습자들과 교실을 이동하며 아이스브레이킹을 했다. 신나게 움직이며 진행하는데 순간 쉰 냄새가 훅 하고 코로 들어왔다. 땀 냄새와 덜 마른 빨래 냄새가 겹쳤다. 강의하는 내내 신경 쓰였다. 학습자들이 냄새를 맡을까 봐 예민해졌다. 집에 왔다. 문에 들어서는 순간 콧구멍으로 뜨거운 바람이 나왔다. 거실을 횡단하는 빨랫줄, 폭발했다. 당장 건조기를 사자고 소리쳤다. 남편은 택도 없는 소리를 한다. 태양 빛에 말려야 세균이 죽는다고. "몽둥이로 두들기며 냇가에서 빨래하지 그래?" 쾅 하고 방문을 닫았다. 서럽고 분했다. 내 말은 귓등으로도 안 들었나? 꿉꿉한 냄새가 나서 강의하는 내내 마음 졸였다는 내 말은 들은 체 만 체, 남편은 건조기 가격만 따졌다. "저렴한 것을 알아보자"라고 했으면 덜 서운했을 텐데 그저 비싸다고만 했다. 내가 겪었을 모멸감 따위는 안중에도 없었다. 설상가상으로 더 불을 지핀 일이 연이어 생겼다. 새벽 독서 모임에서다. 건조기가 있으면 좋겠다는 말에 다른 회원 남편이 그날 바로 건조기를 사줬단다. "우이씨!" 온라인 화면에 나오는 걸 알면서도 아랫입술을 지그시 깨물었다. 그렇게 상처만 남긴 건조기는 영영 물건너갔다. 대신 욕실에 있는 세탁기에서 빨래를 꺼내 빨랫줄에 널고 다시 걷어서 개어 옷장에 넣는 수고로움을 남편이 다 맡게 되었다. 자업자득이라는 사자성어가 괜히 생긴 건 아닐 터.

작년 봄이었다. 다음 날 수업 준비로 새벽까지 움직이다 계단에서 넘어졌다. 무릎 위 뼈가 부러져 수술했다. 양쪽 목발을 하고 걸어야 했다. 부러진 왼쪽 다리는 짚을 수도 없었다. 화장실 갈 때 외에는 앉거나 누워 있었다. 설거지나 청소 등 집안일은 꿈도 못 꾸었다. 당연히 빨래도 할 수 없었다. 빨래를 개어주지만 큰 도움이 되지는 않았다. 남편 혼자 아이들 보며 집안일 하는 게 쉽진 않았다. 몇 주도 아니고 몇 달간이나.

어느 날 정수기가 고장 났다. 차가운 물이 나오지 않았다. 필터를 교체해야 했다. 정수기 코디네이터가 6년간 사용했으니 무료로 정수기를 교체하는 것을 제안했다. 계약을 연장하면 추가 요금 없이 바꿀 수 있다며 카달로그를 보여주었다. 앞뒤로 종이를 넘기다가 나도 모르게 손가락이 찌릿. 어느 페이지에서 멈췄다. 맹세코 정말이지 순순히 '금액'만 알고 싶어서 물었다. '건조기'는 얼마냐고. 갑자기 코디네이터의 얼굴이 환해졌다. 눈빛이 반짝. 예상치 못한 계약을 성사시킬 기회다. 건조기의 우수성과 성능이 열거됐다. 이불이 통째로 들어가고 고양이 털도 제거되고 블라블라…. 쉴 새 없이 귀에 입력되는 장점들을 건성으로 들으며 고개만 끄덕일 즈음, 한 방에 훅 하는 말. '신용카드 25만 원만 쓰면 건조기는 0원.' 단번에 계약했다.

3년 같던 3일이 지나 건조기가 왔다. 이불이 들어갈 정도니 얼마나 큰지 상상해보라. 욕실에 있는 세탁기보다 커서 2층으로 쌓을 수 없었다. 설치 기사가 거실을 권했다. 아이들 공부하고 밥도 먹는 테이블은 거실에 맞춰 제작한 것이다. 결국 테이블을 밀고 건조기를 두었다. 손님이 오면 거실과 어울리지 않는 물건을 이상하게 쳐다본다. 그래도 괜찮다. 왜냐하면 '아기다리 고기다리' 건조기니까. 거실 인테리어, 뭣이 중한디? 아름답기만 한데. 볼 때마다 뿌듯하다. 미소를 머금고 '역시 탁월한 선택이었어'라며 스스로 칭찬한다. 여러분, 건조기는 과학이 아닙니다. 전리품입니다. 부부의 세계에서 가져온….

혹시 동의보감을 쓴 허준의 후예가 아닐까? 건조기는 생명을 살리는 능력이 있었다. 여름 뜨거운 햇살과 겨울날 차가운 바람에 죽어가던 수건이었다. 한 올 한 올 살아났다. 아무리 비가 와도 아침이면 따끈따

끈한 옷이 건조기에 준비되어 있었다. 옷 돌아가는 소리가 거실 벽면을 타고 울려도 잠만 잘 왔다. 가장 만족한 사람은 바로 남편! 건조기에 넣기만 하면 되는데 빨래를 널고 걷는 일이 그렇게 번거로운 일인지 새삼 알게 되었다. 건조기의 편리함에 젖어 하루에 두 번씩이나 빨래를 돌린 적도 있다. 물질문명의 안락함을 즐겼다. 얼마나 열심히 사용했으면 거짓말 조금 보태 수건이 손수건처럼 작아졌다. 나의 77 사이즈 옷이 초등학생 딸에게 맞다.

지금은 다리가 회복되었다. 혼자 집안일 하는 데 문제없다. 그래도 빨래는 남편이 한다. 건조기의 매력에 빠진 남편이 진정으로 마쵸 정신을 발휘하기 때문이다. 맞죠? 여보, 우리도 건조기에서 나온 수건처럼 뽀송뽀송하게 삽시다!

07 살아갈 희망을 상상했던 공간, 나만의 케렌시아 '다락방'

- 최경희

누구에게나 나만의 케렌시아가 있습니다. 아무에게도 방해받지 않고 숨 돌릴 수 있는 곳, 지치고 힘들 때마다 안정을 찾는 곳, 내가 살아 있음을 느끼는 곳 말입니다. 어릴 적 지치고 힘들 때마다 숨 쉴 수 있는 공간은 다락방이었습니다. 그곳에서 종이와 펜으로 내 안의 감정들을 다 토해냈고, 비밀 이야기를 쓰고 잘게 잘게 찢어 버렸습니다. 감정 표현을 잘 못하는 아이였지만 다락방에서는 다른 아이가 되었습니다. 내가 주도하는 세상, 내가 살 집과 도시, 함께 사는 사람들을 상상했습니다. 매일 행복한 나를 꿈꾸었습니다. 다락방 추억은 평생을 이어갈 것 같습니다. 결코 잊지 못할 특별한 공간입니다.

다락방이 보이면 발걸음을 멈춥니다. '지금도 사용하고 있을까? 창고로 쓰겠지? 햇빛 잘 들어오네…. 책꽂이, 책상, 안락의자 놓으면 참 좋겠네…' 몇 년 후에 집을 지을 생각인데요, 꼭 다락방을 만들 거예요. 작든 크든, 아늑한 서재 겸 아지트로 꾸밀 겁니다. 무엇으로 채울까 하는 생각에 벌써부터 흥분됩니다. 상상은 역시 생기 넘치게 만들고 실현할 수 있는 시뮬레이션을 제공합니다.

힘들 때마다 살아갈 희망을 만들어내고 마음껏 상상하며 견뎠습니다. 글로 나를 만나는 순간이 있었다면, 그것을 상상하는 공간은 다락방이었습니다.

"즐거운 곳에서는 날 오라 하여도 내 쉴 곳은 작은 집 내 집뿐이리…"를 부를 때마다 쓸쓸했습니다. 실제 '내 집'은 즐겁고 행복한 공간이 아니었습니다. 가시방석처럼 불편했고, 마음에 온기 하나 없고 정붙일 수 없이 차가웠습니다. 웃을 일이 없었습니다. 늘 긴장하여 숨을 길게 쉬지 못하고 가쁜 숨을 몰아쉬었어요. 몸뚱이는 온종일 남의 말에 의해 움직여졌고, 내 감정, 내가 하고 싶은 말을 삼켰습니다. 무장해제할 곳이 필요했습니다. 다락방은 그때 당시 삶의 마지노선이었습니다. 아무도 넘어오지 못하게 가상의 철문도 세웠습니다. 다락방에만 올라가면 다른 세상이 있었습니다. 얼어붙은 마음의 문이 열리는 행복한 공간이었습니다. 다락방에서만큼은 내 맘대로 상상의 나래를 펼칠 수 있었어요. 멋진 나만의 세상을 창조해내는 희망 공장이었습니다. 살아갈 희망을 꿈꾸고 시각화할 수 있었습니다.

늘 내 방이 있었으면 하고 소원했습니다. 이사를 수없이 다녔습니다. 같은 동네 안에서 이 집 저 집 옮겨 다녔어요. 단칸방에 부모님과 동생, 나까지 네 명이 누우면 돌아눕기도 힘들 정도였습니다. 방과 후 친구들이 종종 집으로 초대했었어요. 이층집에 멋진 식탁, 식탁 위 간식거리, 거실 소파와 텔레비전, 피아노도 부러웠지만 책상과 침대가 있는 친구 방이 세상에서 가장 부러웠습니다. 그곳에서 살고 싶었습니다.

'나도 내 방이 있으면 얼마나 좋을까! 나도 내 방이 있었으면 좋겠다. 제발….'

열 가구가 모여 사는 집으로 이사 갔었는데요. 중정 마당과 공동 우물도 있었고 각 가구마다 방 한 칸, 부엌, 다락방이 딸려 있는 구조였습니다. 드디어 간절하게 바라던 내 방이 생겼습니다. 이사하는데 힘이 솟구쳤습니다. 쏜살같이 빠른 행동으로 모든 짐 정리를 하고, 내 짐만이 있는 공간 다락방으로 올라 감격의 순간을 즐겼습니다. 그날의 흥분을 잊지 못합니다. 시간 가는 줄 모르고 책 정리하고 쓸고 닦았습니다. 아래 방에서 자는 다른 식구들이 깰까 봐 사부작사부작….

매일 집안일 하랴 학교 다니랴, 밤 장사하는 부모님 도우랴, 동생 챙기랴, 몸과 마음이 지칠 대로 지쳤었습니다. 다락방 때문인지 기분이 좋아졌고 힘이 마구 솟았지요. 모든 일을 신나게 뛰어다니듯 해냈습니다. 다락방 생활을 시작한 후로 상상하는 순간들이 많아졌습니다. 상상하면 행복해졌습니다.

긴긴 하루 일과를 마치고 다락방에 올라가면 온몸에 긴장이 풀렸습니다. 긴 한숨을 내뱉고 주위를 둘러봅니다. 책꽂이에는 동화전집, 위인전집을 번호대로 꽂아두었습니다. 창문 쪽 구석에 오래된 밥상을 놓고 보자기 천으로 덮어 책상을 만들었습니다. 연필통에 연필도 가지런히 깎아 꽂아두고, 교과서와 노트를 펼쳐 아끼는 샤프펜슬을 가운데 끼워놓았고요, 교과서와 노트 위편에 필통을 가지런히 놓았습니다. 작지만 더없이 행복한 나만의 공간이었습니다.

제일 먼저 책상에 앉아 상상을 합니다. 책 속 주인공이 됩니다. '지금은 너무너무 힘들지만 잠시만 참으면 곧 나를 구해줄 누군가가 나타날 거야. 나를 애타게 기다리는 가족이 있어. 이리저리 수소문하고 있을 거야. 그러니까 조금만 더 버티자! 휴….' 다짐하고 상상하며 희망을 보았습니다. 삐걱거리던 나무 계단, 움직일 때마다 콩콩 소리 나던 나무 바닥, 내 영혼을 쉬게 해준 다락방, 그곳을 잊을 수 없습니다.

또 다른 다락방이 있었습니다. 그 다락방은 너무너무 차가웠습니다. 짐 넣을 창고로만 쓰일 정도로 제대로 앉지도 못하는 곳이었죠. 나무 다락방과 다르게 시멘트 다락방은 겨울에 많이 추웠습니다. 거의 한데서 잠자는 것과 같았어요. 내복에 양말 신고 옷까지 다 입고 잤습니다. 이불이 아무리 두꺼워도 입김이 폴폴 나고 코가 시리고 머리가 얼 것 같았지요. 누워서 시멘트 천장까지 손도 제대로 못 뻗을 정도로 낮았습니다. 기거나 눕는 모양새로 계단을 오르내렸어요. 그 다락방에서 한겨울 밤을 지내면서 냉병이 생겼습니다. 손발이 얼음장처럼 차고 온몸에 통증이 생겼어요. 지금은 아로마 테라피로 에너지 얻고 있어서 많이 좋아졌습니다. 한겨울에 한두 번 방으로 내려가 잔 적 있는데요, 전보다 더 좁은 방이었기 때문에 몸도 마음도 불편했습니다. 꽁꽁 얼어 죽게 생겼어도, 낮은 다락방이라도 내 공간이 마음 편했습니다. 천장에서 집게벌레가 기어가다 목 주위에 떨어져 기겁했던 기억에 소스라쳐 집니다. 그곳에서조차 잠잘 때마다 상상했습니다. '아늑하고 부드러운 침대에 누워 있고, 따뜻한 향기가 감싸고 있고, 할머니가 나를 꼭 안아주고 토닥토닥 두드리면서 자장가를 불러준다.' 마음만은 따뜻하게 잘 수 있었습니다. 다락방은 살아갈 희망을 상상했던 케렌시아, 아지트였습니다.

힘들고 지치고 외롭다면 나만의 케렌시아, 아지트, 다락방 같은 공간을 만들어보길 바랍니다. 내가 원하는 대로 꾸미는 즐거움을 느끼면서 지친 마음이 살아납니다. 마음이 살아나면 몸도 경쾌해집니다. 아무리 힘들어도 곧 기분이 좋아질 것이라 덜 힘듭니다. 기분이 좋아지는 공간에서 나를 만나는 것은 행복합니다. 나를 만나기 위한 도구들을 배치하면 좋겠지요. 종이와 펜, 아로마 오일, 좋아하는 작가의 책, 굿즈, 그림 등 나만의 물건으로 가득 채워봅시다. 내가 원하는 세상의 주인공이 되는 즐거운 상상을 해보자고요! 구체적인 시나리오를 만들어보세요. 내가 쓴 시나리오는 꼭 현실로 이루어집니다.

오늘도 상상합니다. 내가 좋아하는 것들로 가득 채운 아늑한 공간, 큰 책상 앞에 앉아 있습니다. 향기로운 차를 홀짝홀짝 마시면서 글 쓰고 있습니다. 마지막 퇴고 중입니다. 내일 아침 출판사로 넘기면 됩니다. 토털 힐링 하우스 '치유포유'에서 치유성장 글쓰기 멤버들을 모시고 글쓰기 강의하고 있습니다. 강의를 마치고, 예쁜 그릇에 멤버들이 가져온 음식을 담아요. 피노누아 와인 한 잔씩 따르고 건배합니다. "오늘도 글 쓰는 기쁨을 함께해서 감사합니다! 건배!" 발그레한 얼굴이 모두 천사입니다. 휴대폰 불빛이 번쩍입니다. 멤버로 참여하고 싶다는 1:1 카톡 문의입니다. 이번 달만 해도 벌써 다섯 분입니다. 귀한 마음을 담아 글 쓰는 기쁨을 함께하겠다고, 함께해주셔서 감사하다고 답을 보냅니다. 바라던 삶입니다. 더는 여한이 없을 정도로 행복합니다.

08 내 이름 석 자 새겨진 그것

- 최주선

남아프리카살이 7년 차다. 지난 6년 동안 살면서 가장 아쉬운 건 아무래도 한국과의 거리이다. 멀다. 멀어도 너무 멀다. 20시간 비행, 하루 꼬박 걸려야 한국 땅을 밟을 수 있다. 비행기는 하루면 가는데, 왜 소포는 하루 만에 못 올까 늘 불만이었다. 통관 절차를 거쳐 짐이 들어오기 때문이라는 걸 잘 안다. 그래도 늘 아쉽다. 해운 항공으로 오면 6개월 남짓 걸리고, 일반 비행기로 오면 어림잡아 한 달이다. 해운 항공 소포는 코로나 이후로 막혔다. EMS 일반이 아프리카에는 없어 EMS 프리미엄으로 보내야 한다. UPS로 전환되면 1주일 안에 받아 볼 수 있다. 관세는 또 얼마나 비싼지, 한국에서 보낼 때 관세를 내고 남아공에서 받을 때 세금을 또 내야 한다. 미국, 독일과 비교하면 거의 두 배, 혹은 세 배까지도 내야 할 때가 있다. 엄마나 오빠가 소포를 보낸다고 해도 가능하면 배로 보내라고 말한다. 급하지 않은 건 오래 걸려도 배로 보내면 세금을 덜 내기 때문이다. 가능하면 안 받고, 없으면 없는 대로 지내는 게 차라리 속 편할 때가 있다. 최근 2년 사이, 중국 상점이 많이 생겨나서 없는 거 빼고는 다 있다. 웬만한 건 구할 수 있게 됐다. 한국에서만 구할 수 있는 물건이 필요할 때나 급할 때는 비행기로 부탁했다. 7년간 비행기로 받은 적은 몇 번 없었지만, 때마다 마음이 영 불편했다. 관세만 20만 원 넘게 나올 때면 미안한 마음 한가득이었다. 그렇다고 내가 양쪽 관세를 모두 지급할 수 있는 형편도 아니었다. 책 한 권 주문하고 싶어도 배송료만 책 세 권 값이다. 차라리 책을 세 권 사서 한국에 사는 지인한테 선물하고 말지, 도저히 주문해서 받을 엄두가 나질 않았다.

나의 첫 책 『삼 남매와 서바이벌』이 출간되고도 바로 받아 볼 수 없었다. 이유는 위와 같아서였다. 나는 부모님, 친정 오빠에게도 부탁을 잘 안 한다. 가능하면 내 선에서 해결하려고 한다. 그래서 삼 남매를 낳고도 아이들을 친정에 맡긴 적이 거의 없다. 요엘 생후 3주 때, 은별은 폐렴, 다엘은 수족구병에 걸렸었다. 신생아랑 같이 둘 수 없어 2주간 별은 친정에, 다엘은 시댁에 맡겼었다. 그때 말고는 아이들을 맡긴 적 없다. 맡겨도 친정에 갔을 때 두세 시간 남짓, 남편과 잠시 외출하는 시간이 전부였다. 이번에는 부탁해야 했다. 어서 내 품에 안아 보고 싶어서 미안한 마음으로 부탁했다.

"엄마, 내 책 두 권만 보내줄 수 있어?"

"그럼! 책 두 권이면 되겠어? 더 안 필요해? 애들 간식이랑 옷가지도 좀 보낼게. 애들 필요한 거 있으면 말해."

저자 특강을 앞둔 시기였고, 내가 공들여 쓴 첫 책을 하루빨리 받아 보고 싶었다. 일주일 만에 집 앞까지 안전하게 배달된 UPS 소포를 보물 상자 열듯 펼쳤다. 다른 건 다 우체국으로 찾으러 가야 하는데,

UPS 소포는 집 앞까지 배달해준다. 관세 비싼 이유가 있다. 6개월도 아니고 고작 일주일인데, 소포가 언제 오나 목이 빠지게 기다렸다. 다른 것은 대충 꺼내 확인도 제대로 안 하고 책부터 찾았다. 책을 꺼내 드는 순간 닭살이 돋았다. 책의 겉표지를 손으로 한번 쓰다듬고, 냄새도 한번 맡았다. 평범한 종이책 냄새였지만 뭔가 달랐다. 책에 새겨진 내 이름 석 자 '최주선', 삼 남매의 모습이 담긴 겉표지를 뚫어지게 봤다. 인쇄는 잘되었는지 양손에 들고 책상을 주르륵 넘겼다. 내가 쓴 책, 쓸 때 읽고 퇴고할 때 수없이 읽고 또 읽었다. 출간 계약 체결 후 탈고하기까지 수십 번 읽었던 책이다. 그런데도 책으로 받아 처음부터 끝까지 다시 한번 읽었다. 약간 얼떨떨하니 입에 미소가 번졌다. 처녀작이라 부족하지만 공들인 결과물이 내 손안에 들렸다니, 동네방네 자랑하고 싶었다. 내 이야기로 책 쓰고 작가가 되고 싶었다. 글쓰기를 시작한 지 1년 만에 책이 나왔다. 3개월 남짓 초고 집필하고, 2개월 동안 퇴고를 마쳤다. 1개월 만에 출간 계약되었고, 6개월 만에 책이 나왔다. 내게는 인생에서 더없이 신기하고 값진 경험이었다. 그 결과물은 지금도 내 책상 왼쪽 책꽂이에 꽂혀 있다.

2023년 3월부터 4월까지 라이팅 코치 양성 과정을 수강했다. 자이언트 대표인 이은대 작가님은 수료자 전원에게 라이팅 코치 명찰과 수료패를 수여했다. 당연히 오프라인 수료식도 참여하지 못했고, 명찰도 수료패도 받아 볼 수 없었다. 다른 코치들이 금빛 명찰을 가슴에 달고 수료패를 든 채 활짝 웃는 모습을 사진으로만 들여다보며 자꾸 입맛만 다셨다. 묵직한 수료패는 포기하고, 반짝거리는 명찰이라도 어서 받아

보고 싶었다. 엄마에게 소포를 보내달라고 부탁했다. 보내는 김에 연초에 나온 소리튠 영어 코치 명함도 같이 넣어달라고 했다. 5월부터 무료 특강을 시작할 계획이었기에 빨리 받고 싶었다. 첫 강의에서 빛나는 명찰, 나의 정체성을 알려주는 자랑스러운 명찰을 달고 수업하는 내 모습을 상상했다. 사실 남아공에서는 내 명함을 뿌릴 일이 없다. 그래도 보내달라고 했다. 이미 머릿속에서는 누가 받을지도 모르지만 내 명함을 받아 들고 자세히 들여다보는 모습도 그려본 후였다.

역시 일주일 남짓 걸려 소포가 도착했다. 그동안 읽고 싶었던 책 몇 권, 급하게 필요했던 다른 물건과 함께 명찰과 명함이 들어 있었다. 손바닥만 한 금빛 명찰에는 검은색 글씨로 '자이언트 인증 라이팅 코치 최주선'이라고 새겨져 있었다. 투명 케이스 안에 든 얇은 명함은 100장 정도 되어 보였다. 검은 종이 위에는 흰 글씨로 '소리튠 영어 코치 최주선'이라고 적혀 있었다.

지난 2년간 내 인생에는 큰 변화가 있었다. 11년간 보육교사만 하고, 죽을 때까지 보육교사만 하다가 어린이집 원장을 하는 날도 오겠거니 생각했다. 보육교사가 나쁘다는 게 아니라, 내 인생의 새로운 변화는 전혀 예측하지 못했다. 6년 전 남아공에 선교사로 왔으니 그 일에 충실해야지 생각했다. 현지에서 일하고 있다. 예배 사역하고, 지난 1년간 교사를 양성했다. 2024년 빈민촌에 어린이집을 개원했다. 개원 후 아이들이 교육받는 공간이 되었다. 그사이 다른 직업이 생겼고, 삶이 달라졌다. 이 모든 시작이 '글쓰기'였다. 책을 써서 작가가 되었다. 남아공 와서 살기 위해 영어 공부하다가 영어 코치가 되었고, 사람들의 영어 발성이 원어민처럼 변화될 수 있도록 돕고 있다. 책 쓰기 강의를 하고, 회원이 글 쓰고 책 쓸 수 있도록 지도하는 코치가 되었다.

명찰이 없고, 명함이 없어도 책 한 권만으로 나는 작가라는 자부심을 느낀다. 공저 책과 전자책도 있으니 나는 작가라는 증거가 있다. 내 책상 왼쪽 선반에는 라이팅 코치 명찰이 놓여 있다. 매주 1회 금요일마다 명찰을 왼쪽 가슴 위에 붙인다. 자석으로 되어 있어서 착용도 쉽다. 수시로 명찰을 바라본다. 라이팅 코치로서뿐 아니라 첫 책을 냈던 순간까지 되돌아가게 만드는 상징이 되었다.

나의 인생에서 내 이름 석 자 '최주선'이 적힌 첫 명찰은 유치원 병아리반 때였다. 오늘의 기록 덕분에 그 순간 이후로 거슬러 올라왔다. 살면서 내 이름 적힌 명찰을 수없이 받아봤다. 그저 개인의 명찰과 명함이 아닌, 다른 사람을 돕는 '최주선'으로 살아가는 이름 석 자에 책임을 느낀다. 소중한 순간을 떠올리게 만드는 물건이 없어도 나는 그 순간을 평생 기억할 거다. 머릿속이나 마음속에 간직한 나의 또 다른 수많은 순간이 있지만, 때론 기억하려고 애써야 생각나는 순간도 있다. 새로운 출발을 상기시켜주는, '내 이름이 새겨진 그것' 덕분에 소중한 순간을 떠올린다.

09 여행의 의미

- 홍혜숙

"여행하고 돌아오면 글 한 편 가지고 와야 한다." 책 쓰기 미니 특강 때 이은대 사부께서 알려주었다. 2013년 10월, 배낭여행으로 서유럽 여행을 갔다. 이탈리아, 프랑스, 스위스를. 자이언트 공저 1기 『뜻을 품은 사람이 길을 만든다』에서 이탈리아 편을 썼다. 이번 라이팅 코치 공저 6기에서는 스위스 편과 해돋이 가족 여행을 떠올려본다.

글을 쓰다 보니 이제는 여행 작가를 꿈꾸고 싶어졌다. 지금 겨울이라 그런지 스위스 여행이 너무 가고 싶다. 배낭여행 갔을 때의 추억이 하나하나 떠올랐다. 우리 일행은 스위스 루체른에서 숙박하게 되었다. 스위스 숙소는 그야말로 넓은 방에, 침대가 킹사이즈였다. 한없이 행복한 순간이었다. 이탈리아에서의 여정으로 다리도 아프고 온몸이 노곤하여 지쳤기 때문이었다. 샤워실은 그야말로 한없이 넓어 보였다. 깨끗한 수돗물을 그대로 마실 수 있는 청정 지역이었다. 일, 가정의 일들을 모두 잊을 수 있는 나만의 공간이었다. 혼자서 공주가 되어 혼이 쏙 빠져서 구경하다가 콧노래까지 불렀다. 얼마나 포근하게 잠을 잘 잤는지. 아침에 피로가 확 풀렸다. 호텔의 아침 또한 나를 공주로 만들어주었다. 조식을 먹으면서 실감하였다. 향긋한 수프와 알록달록한 과일의 달콤한 향을 느끼면서 마음껏 먹을 수 있었다. 스위스 하면 융프라우. 그 신비한 하얀 눈이 덮인 산을 오르려고 산악 열차에 몸을 실었다. 위에는 하얀 눈이 덮인 산이 보이고 그 밑에는 봄의 향연이라고 할 수 있는 노랑, 빨강, 분홍, 주황빛 꽃들과 초록의 새싹 잎, 그 위쪽에는 여름의 폭포수가 어우러진 아름답고도 신비로운 언덕이었다. 산악 열차를 타고 올라가는 풍경은 그야말로 아름다움 그 자체였다. 풍경에 빠져 사진을 찍다가 남편이 사준 귀걸이 한 짝을 떨어뜨려 잃어버렸다. 사진을 얼마나 많이 찍었는지. 산악 열차에서 내려 곤돌라로 갈아탔다. 조금 더 올라가니 융프라우가 나타났다. 우리 일행은 곤돌라에서 내려서 융프라우 안쪽 얼음 궁전에 가기 위해 걸어서 올라갔다. 들어서자마자 바로 보이는 것은 빨간 종이컵에 '매울 신' 한자가 검정 글씨로 내 눈에 쏙 들어왔다. 우리나라에서 보던 라면이라서 반가웠다. 조금 더 걸어가니 얼음 궁전을 만났다. 그야말로 장관이었다. 발밑이 미끄러워 어떻게 걸었는지. 융프라우를 보기 위해 밖으로 유리문을 열고 내려갔다. 나가자마자 하얀 눈 덮인 산과 내 발밑에서 '뽀드득 푹푹' 소리가 났다. 바람이 세차게 휘몰아치는 폭풍에 일행들은 사진을 찍기 위해 모습을 취했다. 눈보라 때문에 코가 얼얼하고 눈이 떠지지 않았다. 산악 열차에 몸을 싣고 내려올 때는 한없이 평화로운 봄의 향연이었다. 이렇게 추웠다가 온화했다가 하는 곳이 바로 스위스였다. 우리의 인생과도 닮았다고 느꼈다. 아이들과 남편을 위해 스위스 하면 생각나는 시계를 사기 위해 시계 백화점으로 향했다. 남편의 시계를 맨 먼저 골랐다. 아이들의 시계를 골라야 하는데 어떤 것을 골라야 할지 고민을 많이 했다. 색깔이 있는 시계를 찾았다. 유진이는 오렌지, 민정이는 분홍, 성민이는 만화가 그려진 하늘색 시계를 샀다. 아이들과 남편 선물을 사는데 다음에는 꼭 같이 와야겠다고 다짐을 했다.

2023년 12월 30일, 오늘 우리 가족은 여행을 떠나기로 했다. 시어머니를 모시고 가는 여행이었다. 경기도 용인으로 출발하기 전, 여행을 가면 무엇을 할 것인가 생각해보았다. 우리 가족 5명을 비롯해 시누이 가족 5명, 그리고 시어머니까지 모두 11명이 함께하는 여행이 시작되었다. 일단 우리 집 앞에서 모여 출발하기로 했다. 2000년도 밀레니엄 해돋이를 보러 멀리 땅끝마을 해남에 갈 때도 시누이 가족과 함께했다. 그때는 성민이가 태어나기 전이었다. 민정이가 2세, 유진이가 7세였다. 땅끝마을을 광고하는 영상을 봤었다. 파란 바다 위에 땅끝마을의 초록색 풀들과 하늘 위의 새하얀 구름, 모델 2명이 밀짚모자를 쓰고 하늘거리는 치마가 아름다워 '아! 가보고 싶다'라고 생각했다. 그 영상은 '쿠크다스' 과자를 선전하는 영상이었다. 남편이 해남 땅끝마을로 해돋이를 보러 간다고 할 때 내 머릿속은 그 상상만 했다. 우리 집에서 자정쯤 차를 타고 새벽 3시쯤에 도착했다. 차량이 진입하지 못하게 바리케이드가 즐비하게 놓여 있었다. 약 2.5㎞ 전에 주차해놓고 걸어서 해돋이를 보러 갔다. 추운 겨울 칼바람이었다. 남편이 민정이를 업고, 유진이는 내 손을 잡고 걸었다. 한없이 걸어서 바다가 보이는 곳을 향해 또 걸어갔다. 처음과 달리 나는 포기하고 싶어서 다시 차로 돌아가자고 했다. 아이들도 보채기도 하고 손과 발이 시렸고 다리가 후들거렸다. 이렇게 힘든 곳까지 와서 무슨 해돋이를 보냐고 투덜거리면서 또다시 걸어서 구름처럼 밀려드는 사람들의 행렬에 끼여 걷고 또 걸어서 도착했다. 도착하고 보니 참으로 장관이었다. 해돋이를 보기 위해 전국 각지에서 온 사람들로 가득했다. "해야 솟아라, 밀레니엄 해야 솟아라." 그런 소리가 들리기도 했다. 소원을 빌면서 보고 있었다. 방송국 취재진도 앞다투어 바닷가 앞에서 해가 떠오르기만을 기다리면서 해돋이 촬영 시도를 하고 있었다. 기다리고 기다렸다. 오전 5시부터 해가 뜨기만을 하염없이 기다렸는데 그날따라 구름에 가려 빨갛고 동그란 해를 보지 못하게 되었다. 모든 사람의 탄식이 쏟아졌다. 그래도 나는 소원을 빌었다. 우리 가족 행복하게 잘 살 수 있도록 해달라고. 그렇게 해는 보지 못하고 뒤돌아섰다.

이제는 배가 너무 고파서 눈과 코가 매콤한 향과 함께 따끈한 국밥에 매료되었다. 밥을 먹기 위해 야외 천막을 친 곳에 간이 식당을 이용했다. 수많은 사람이 줄을 서서 기다리고 있었다. 우리 가족도 한참을 줄을 서서 기다렸다. 국밥 먹을 차례가 되었다. 작은 쟁반에 배식을 받았다. 내 차례가 되었다. 하필이면 그 국밥을 받았는데 손이 얼어서 그냥 절반은 엎질러졌다. 배가 고파서 그런지 시장이 반찬이었다. 그 맛은 꿀맛이었다. 국밥을 싫어했던 나였는데, 그때 추위와 배고픔의 진정한 의미를 알게 되었다. 그래서 열심히 노력하는 삶을 살아야겠다는 교훈을 얻었다.

2024년 1월 1일 새벽, 용인 해돋이 여행에서는 추위와 배고픔을 조금 덜 수 있도록 따뜻한 손난로와 먹거리를 준비하여 호주머니에 넣어 가야겠다. 우리 가족 행복을 위해 소원을 빌 수 있도록 새빨간 해돋이를 상상해본다. 오늘도 가족의 행복을 위해 한 걸음 내디디면서 2024년을 힘차게 살아내보자. 여행 작가가 되려는 꿈만 꾸었다. 여행을 가서 글 한 편 가지고 돌아왔다면, 벌써 여행 작가가 아닐까?

10 자동차와 함께 세상을 누비다

- 황현정

운전면허를 취득한 지 몇 년이 흘렀다. 그야말로 장롱면허였다. 새로운 직장으로 이직하게 되었다. 그곳은 집에서 꽤 먼 거리였다. 37㎞ 거리로, 정규 속도로 운전해도 40분 정도 걸린다. 운전도 하지 못하면서 무턱대고 그곳으로 일을 하러 가기로 했다. 친오빠가 도로 주행 연습을 도와주기로 했다. 14년 정도 된 오빠 차도 함께 나에게 주기로 약속했다. 오빠 차는 1종 스틱(기어 변속) 차량이었고, 난 완전 생초보 운전자였다. 보통 도로 주행 연습을 가족 간에 하면 싸움이 난다고, 하지 말라고 하던데 다행히 오빠는 친절하게 잘 알려주었다. 나이 차이가 10살이나 나다 보니 삼촌이나 아빠 같은 마음으로 참고 알려주었을 것이다. 도로 주행 연습 첫날, 오빠와 함께 차량이 많지 않은 외딴 도로에서 연습했다. 처음치고는 알려준 대로 곧잘 따라 했고, 할 수 있겠다는 마음도 들었다. 다음 날은 차량이 좀 더 많은 도로로 나갔다. 횡단보도가 있는 도로에서 우회전하다가, 건널목의 초록 불을 보지 못했다.

"사람 있잖아."

오빠가 큰 소리를 쳤고 난 아무 말도 못 한 채 급하게 브레이크를 밟았다. 오빠 덕분에 다행히 사고는 나지 않았다. 언제 생길지 모르는 사고에 대한 두려움과 오빠의 큰소리에 놀라서 집으로 돌아와 아이처럼 엉엉 울었다. 무서웠고, 두려웠고, 걱정이 앞섰다. 앞으로 어떻게 운전하고 다녀야 할지 막막했다. 초보 운전인데, 스틱까지 사용하려니 시동 유지하는 것부터 신경을 써야 할 것이 한둘이 아니었다. 막내딸이 우는 모습을 보고 마음이 편치 않으셨던 부모님은 오토(자동 변속) 차량으로 중고를 구해보자고 해주셨다.

울면서도 생각했다. 이렇게 쉽게 포기할 순 없다고. 1종 보통 운전면허를 따고 스스로 뿌듯해하지 않았던가. 남들이 어렵다고 하는 것을 보란 듯이 해낸다면 더 기분 좋을 것이다. 스틱 차량을 운전하는 여성 운전자도 주변에 흔하지 않았기에, 멋있겠다고 생각했다. 그리고 집에 멀쩡히 있는 차를 두고 괜히 돈을 쓸 수는 없었다. 울음을 가라앉히고 부모님께 말씀드렸다. 괜찮다며 다시 해보겠다고 말이다. 오빠에게도 양해를 구했다. 답답하더라도 며칠 더 도로 주행 연습을 도와달라고 말이다. 이후에 집에서 근무지까지 출근하는 것처럼 도로 주행 연습을 했다. 길도 잘 모르는 초행길에, 초보 운전자가 모는 차를 타는 오빠의 마음은 어땠을지, 지금 생각하면 오빠에게 새삼 고맙다. 답답하기도 하고, 불안하기도 했을 텐데 말이다. 그때 운전 속도가 40~45㎞/h였다. 요즘은 일반 생활도로 속도 제한이 거의 50㎞/h이지만, 16년 전에는 대부분 60~70㎞/h였던 것으로 기억한다. 속도 측정 카메라가 없는 곳에서는 다들 더 속도를 내기도 했으니, 그 당시 주변 차들이 얼마나 빨리 달렸겠는가. 그 거리를 1차선에서 느린 속도로 운전해 갔다. 차선

변경이 가능할 때는 2차선으로 가기도 했지만, 1차선이 더 안정감이 들어 1차선으로 가게 되었다. 차량 뒤쪽의 '초보 운전' 표시를 보고 피해서 가주는 고마운 운전자들도 있었다. 빵빵거리면서 가는 운전자들에겐 미안한 마음이 가득했다. 그렇게 집에서 근무지까지의 주행 시간은 1시간이나 걸렸다. 도착하고 거의 바로 돌아왔으니, 초보로서 두 시간이나 운전을 한 것이었다. 속도는 느렸지만, 그래도 안전하게 다녀왔다는 생각에 뭔가 해냈다는 뿌듯함을 느꼈다. 매일 출근을 하고, 운전 횟수가 늘어남에 따라 자신감도 생겼다. 운전 도중에 타이어가 터진 적도 있고, 후진을 하다 차가 벽에 긁힌 적도 있다. 그래도 다른 차량에 부딪히거나 사람을 다치게 한 적은 없다. 이제는 무사고 경력의 16년 차 운전자가 되었다.

운전하면서 나의 활동 범위는 넓어지게 되었다. 지역에서 만남도 자유로워졌고, 새로운 장소에 대한 두려움도 줄어들었다. 늘 자동차와 함께 움직였다. 사회복지사로 일하면서 지역사회복지 세미나를 참가한 적이 있다. 그곳에서 공통으로 나온 지역사회의 문제점으로, 대부분 모둠에서 '교통'을 선정했다. 그만큼 교통이 불편한 곳에서 자동차와 함께하니 새로운 세상이 열리는 듯했다.

차량 덕분에 독서 모임도 꾸준히 참석할 수 있었고, 광역 단위의 독서 모임도 새롭게 참가했다. 여러 분야의 사람들을 만나고 다양한 경험을 할 수 있었다. 외국어를 할 수 있느냐 없느냐에 따라 새로운 세상을 만날 수 있다고들 한다. 나에게는 자동차가 그러했다. 활동에 날개를 달아준 듯, 내가 접하는 세상의 범위를 넓혀주었다. 이동에 대한 제약보다는 새로운 곳으로의 도전도 나에게는 기대감으로 다가왔다.

자동차와 함께한 추억도 떠오른다. 지인들과 함께 강원도로 여행을 가기로 했다. 오빠 차를 타인에게 운전을 맡기는 것이 마음에 내키지 않아, 졸음을 참아가며 먼 거리를 혼자서 운전해 갔다. 요즘이었다면 자동차보험을 하루 이틀 추가하고 돌아가며 운전해서 갈 수도 있었을 텐데 그 당시에는 그만큼 무지하기도 했고, 만일의 사고에 대한 겁도 났다. 사자자리 별자리가 수백 년 만에 떨어진다고 하여, 언니와 함께 담요와 이불을 끌어안고 자동차 안에서 밤하늘을 바라보며 함께 있었던 일도 떠오른다. 그때도 중간에 히터를 틀어도 되었을 텐데, 공회전이 걱정되어 추위에 떨다가 별똥별도 제대로 보지 못하고 금방 들어왔던 것 같다. 오래된 차를 끌고 마트에 갔다가 마트의 경사로에 차량이 뒤로 밀릴까 봐 순간 당황한 적도 있었다. 스틱 차량 운전이 어설펐던 그때, 순간마다 긴장하며 운전하곤 했다. 그래도 매 순간 기쁨과 설렘으로 가득하기도 했다.

육아에도 도움을 받았다. 아이들을 혼자 데리고 다니면서 자동차와 함께했기에 어려움이나 불편한 상황을 해결할 수 있었다. 교통이 불편한 지역 도시에서 아이들이 무료로 이용할 수 있는 지역의 과학관이나 전시관을 쉽게 찾아갈 수 있었다. 숲이나 체육공원도 자유롭게 이용했다. 아이들의 기저귀 교체는 물론이고, 배변이 급할 때도 자동차에 둔 휴대용 변기를 이용하여 해결할 수 있었다. 차에서 도시락을 먹기도 하고, 아이들이 낮잠을 자기도 했다. 운전하는 엄마로, 아이들의 활동에 자유로움을 줄 수 있어 만족스러웠다.

운전 첫해의 느낌을 잊을 수가 없다. 어디든 내가 가고자 하면 갈 수 있었다. 물론 내비게이션의 도움이 필요했지만, 운전은 나에게 신세계였다. 지금껏 경험했던 세상과는 또 다른 즐거움을 느낄 수 있었고, 이동의 제약이 없다는 것이 얼마나 감사한 일인지 모른다. 지난 16여 년 동안 함께한 소중한 추억들도 모두 자동차가 있었기에, 내가 운전을 할 수 있었기에 가능한 일이었다.

새로운 일에 대한 도전은 매번 두렵고 어려움이 존재한다. 그런데도 이를 극복하면 더 넓은 세상을 만날 수 있다. 우리는 이미 많은 것을 배워왔다. 걸음마를 배우고, 식사하는 법을 배우고, 글자를 배워왔다. 앞으로도 살아가면서 새롭게 배워야 할 것이 많을 텐데, 운전의 경험을 바탕으로 용기 내어 도전해봐야겠다. 새로운 것을 익힐수록 또 다른 세상이 펼쳐질 테니까 말이다.

제3장

내가 좋아하는 것들

01 소통의 도구

- 김효진

색색의 펜으로 가득 찬 연필꽂이, 읽다 만 책, 쓰다 만 일기장, 구겨진 메모지와 노트, 얇은 책갈피, 연필과 지우개, 먹다 만 커피, 달력, 빨간 타이머, 체온계, 노트북과 키보드까지. 내 책상, 뭐가 참 많다. 그중에는 카드가 여덟 벌이나 있다. 다섯 벌은 그림이 예뻐서 산 타로 카드다. 그리고 세 벌은 감정 카드다. KACE(한국지역사회교육협의회)에서는 부모 교육이나 강좌가 있을 때 신청하고 들어보라는 안내 문자를 보내준다. 한번은 감정과 소통에 대한 강의 안내가 왔다. 그때 수업 신청하면서 감정 카드를 함께 구입했다. 학생용과 성인용 두 벌이 있고, 다른 한 벌은 따로 구입한 아동용이다. 감정을 표현하는 단어가 많다. 하나하나 읽어보면 알고는 있는 표현이 대부분이지만, 실제 생활에서는 다양하게 사용하지 않는다. 기분이 나쁘면 짜증난다고 퉁치고, 기쁘면 좋다 또는 행복해 정도로만 말한다. 짜증난다는 말 대신 할 수 있는 표현이 화가 나, 실망스러워, 불만이야, 불편해, 불안해, 속상해, 답답해, 서운해 등 이렇게나 다양하다. 기분에 따라 적절한 표현을 사용하지 않으니 '내 말은 그게 아니라고!' 하며 속마음은 꽤 답답했을지도 모르겠다.

처음 감정 소통 수업을 시작하면서 단체 대화방이 만들어졌다. 강사는 매일 아침 일어나 감정을 확인하고 제일 근접한 감정 카드의 사진을 찍어 공유하라고 요청했다. 그 아래에는 왜 그런 기분이 드는지 간략한 코멘트를 함께 써달라고 말했다. 첫날, 식탁에 카드를 펼쳤다. 내 감정을 읽는 것이 번거롭게 느껴졌다. 고른 카드가 맞는지 마음을 들여다봐야 했기 때문이다. '어색하다' 카드와 '기대된다' 카드를 골랐다. '감정 카드를 고르는 것이 처음이라 어색하고, 강의가 기대된다'라고 남겼다.

그날 저녁 남편이 회식하고 늦게 들어왔다. 연락도 없고 전화도 받지 않았다. 새벽에 술과 고기 냄새를 풍기며 남편이 들어왔다. 주먹 불끈 쥐고 등짝을 퍽퍽 때렸다. 얼마나 술을 마셨는지 감각도 마비된 듯 헤실헤실 웃으며 아파하는 기색도 없다.

아침에 식탁 위에 카드를 펼쳤다. 어제 저녁 일을 생각하니 선택할 감정이 많아 고르기 힘들었다. '괘씸하다, 우울하다, 언짢다, 실망하다, 답답하다, 불쾌하다, 걱정되다'라는 단어들이 모두 내 맘 같았다. 카드를 보며 이런저런 단어로 이 마음이 맞나 저 마음이 맞나 고민했다. 남편이 미안하다고 이야기해도 꿈쩍도 안 하던 마음이 한결 누그러진다. 누군가가 내 감정을 알아주는 것 같았고, 공감해주는 기분이 들었다. 다음 날과 그 다음 날에도 아침마다 내 감정을 확인했다. 감정 카드는 내 감정을 더 선명하게 보여주었다. 단체 대화방에 사진을 올리고 그때의 감정을 글로 쓰고 보니 내 마음을 한 번 더 짚어줄 수 있었다.

두 번째 수업에서는 감정 표현에 대한 장점을 배웠다. 감정을 이해하고 받아들이는 과정을 통해 나 자신을 잘 이해하고 자존감도 키울 수 있다고 했다. 또, 타인의 감정을 깊이 이해하게 되어서 사람과의 소통을 원활하게 만들어주고 마지막으로 여러 상황에서 독립적으로 사고하고 문제를 해결하는 능력을 향상시킬 수 있다고 했다. 감정 카드를 이용해 속에 담아두지 말고 감정을 자주 표현해야겠다고 생각했다. 뭔가 답답한 일이 있으면 감정 카드를 펼쳐본다. 카드 하나하나 들여다보고 이야기한다. 혼자 질문하고 답한다. 생각으로만 있던 감정을 바깥으로 꺼내면 한결 마음이 가벼워진다.

요즘 두 딸과의 관계가 별로다. 전에는 학교 다녀오면 재잘재잘 말하느라 시간 가는 줄 몰랐는데 요즘은 내가 공부하느라 바쁘다며 종종 '저리 가'라고 했다. 사실은 그렇게 급하지도 않은데 말이다. 그래서인지 아이들이 자꾸 눈치를 보는 것 같다. 눈만 마주치면 숙제한다고 방으로 들어간다. 감정 카드를 보니 강사가 가르쳐준 놀이 방법이 생각났다. 저녁 먹고 아이들을 불렀다. 그동안 오지 말라던 엄마가 부르니 신이 나서 달려왔다. 식탁에 학생용 감정 카드를 펼쳐놓았다. 노란 바탕에 감정 표현 단어와 표정이 그려져 있고, 뒷면에는 표현에 대한 뜻과 예시가 적혀 있었다. 신기한 표정으로 여러 장 뒤집어보고 읽어본다. 가만히 기다리며 차분해지길 기다렸다. 지금이다.

"여기 기분이 어떤지 알아보는 카드가 있어. 엄마는 지금 너희들이랑 같이 있어서 기분이 좋아. 그래서 '기쁘다', '행복하다' 카드를 골랐어. 윤아랑 현아는 오늘 학교에서 있었던 일 중에 기억나는 거 있어? 그 일에 대해 어떤 기분이 드는지 카드를 골라봐. 그리고 왜 그 카드를 골랐는지 엄마한테 이야기해줄래?"

아이들 손이 이리저리 바쁘다. 여기저기 헤집으며 자기의 마음에 맞는 단어를 찾느라고 바쁘다. 둘째 현아가 먼저 카드 하나를 골라 들고 말했다.

"나부터 할래. 오늘 학교에서 받아쓰기했는데 백 점 맞았어. 그래서 선생님이 칭찬해줬다! 그래서 기분이 뿌듯했어. 그래서 뿌듯하다 카드를 골랐어. 나 잘했지!"

공감해주니 함박웃음을 지으며 어깨를 으쓱댄다. 첫째가 카드를 한 장 뽑아 들고 나를 보고 있다.

"엄마, 나는 사랑스럽다 카드를 골랐어. 내가 학교에서 연습장에 토끼를 그렸거든? 근데 절친이 내 토끼 옆에 다른 토끼를 그려줬어. 그래서 나도 또 토끼를 그리고 친구랑 계속 그렸거든? 연습장에 가득 토끼가 그려진 거 보니까 너무너무 사랑스러웠어."

토끼를 좋아하는 윤아는 아직도 연습장에 가득 그려진 그림을 보고 있는 표정으로 이야기한다.

"엄마랑 놀고 싶은데 엄마가 들어가라고 할 때마다 너무 슬펐어."

"학교에서 선생님이 담배 피우면 폐가 검게 썩어서 죽는대. 아빠가 죽을까 봐 무서워. 아빠랑 할아버지가 담배를 안 피우면 좋겠어."

"친구가 때리고 도망갔는데 괘씸했어!"

두 딸 입에서 말이 우르르 쏟아져 나온다. 감정 카드에 있는 표현을 모두 말할 기세다. 아주 잠깐 이제 그만할까 하는 생각이 머리를 스쳐 지나갔지만 재밌어하는 아이들을 보니 그 마음도 사라졌다.

감정 카드가 이야기를 하게 했다. 속마음을 전하게 했다. 이 도구 하나로 소통과 공감이 얼마나 쉬워질 수 있는지 보여준다. 전에는 캐묻는 것 같은 느낌에 여러 번 묻지 못했다. 감정 카드가 아이들을 스스로 이야기하게 해줘서 신기하고 좋았다. 감정표현도 어려운 일이 아니었다. 아이들의 감정, 혹은 내 자신의 감정을 돌아볼 시간을 따로 낼 수 있는가가 중요하다.

감정 카드로 과거의 마음을 보기도 한다. 힘들었던 시간을 생각하고 감정 카드를 선택하다 보면 과거에 대한 나의 묵은 감정을 알 수 있다. 이렇게 과거의 상처나 감정을 다시 다루면서 마음을 조금 더 이해한다. 그리고 비슷한 상황이 오면 그때보다 나은 대응이 가능하지 않을까 생각해본다.

오늘도 나는 내 감정을 읽는다.

02 스파크로 충분해

- 백란현

장롱면허, 나를 나타내는 말 중 하나였다. 선생님들과 함께 저녁 식사하러 가면 옆 반 선생님은 부장인 나를 태워 갔다.

학교 교육과정을 운영하는 연구부장을 맡게 되었을 때 면허가 없었다. 신학기를 준비하면서 첫 출장을 가야 했다. 함께 출장 가는 교감선생님 차에 얹혀 마산 창신대에 다녀왔다. 이후 면허를 서둘러 취득해야겠다 생각했고 간소한 시험 절차만 밟았다. 2종 자동 면허증이 나왔다. 그러고는 면허증을 신분증으로 8년간이나 사용했다. 운전은 못 하지만 그래도 면허가 있는 게 어디냐 생각했다.

환절기, 딸들이 순차적으로 독감과 폐렴으로 입원했었다. 막내가 입원했을 때 병원에서 잠을 잔 후 아침에 남편과 교대했다. 남편이 타고 온 내 차, 병원 주차장에 있는데 만지지 못했다. 우리 집은 차로 5분 거리에 있지만 걸어서 5분 걸리는 버스 정류장으로 이동했다. 10분, 20분 버스를 기다렸다. 집에 도착해 첫째와 둘째 아침을 먹인 후 출근을 서둘렀다. 면허증은 무용지물이 되었다.

둘째 희진이가 5학년을 마친 후, 합창단 들어갈 곳 없냐고 물었다. 3

학년 때 1년 동안 학교 합창단 활동했던 일이 기억에 남았던 것 같다. 일하다가 본 김해시 합창단 모집 공문이 생각났다. 합창단에 전화를 걸어 연습 요일과 시간을 물었다.

"매주 화요일과 금요일, 오후 6시부터 9시까지 연습합니다."

오후 6시면 우리 집에서 늦어도 5시 20분엔 출발해야 한다. 남편이 거실에서 공부방을 운영하는 시간이다. 데려다줄 사람이 없었다. 셋째 희윤이 유치원 마치는 시간은 5시인데 큰일 났다. 내가 운전한다면 희윤이도 차에 태우고 왔다 갔다 해야 할까. 합창단 원서도 넣지 않았는데 동선 고민부터 하기 시작했다. 희진이가 합창단 합격하면 데려다주는 것만 내가 하기로 했다. 희윤이는 태권도 학원 도움을 받아 1시간 더 운동한 후 집에 오기로 했다. 희윤이가 학원에 가 있는 사이 나 혼자 김해 시내에 희진이 데려다주고 오는 거다. 밤 9시 합창단 마치는 시간에는 애들 아빠가 다시 왕복 운전하기로 했다.

실기 시험 끝난 지 3일 후, 김해시청 공지를 확인했다. 합격자 명단에 고○진이 있었다. "엄마, 나 아닐 수도 있잖아." 이름 옆의 메모를 보니 희진이가 실기 시험 때 불렀던 노래였다.

도로 주행 연수를 받아야 한다. 8년째 남편 혼자 운전하던 내 흰색 스파크. 드디어 용기 내어 핸들을 만져볼 수 있다.

희진이는 당장 3월 첫 주부터 합창단 연습하러 가야 한다. 나의 도로 주행 10시간도 3월 첫 주 토요일부터 시작된다. 당장 운전할 자신은 없었다. 방법을 찾아야 했다. 편도 1만 원, 왕복 2만 원. 나와 희진이는 함께 택시를 타고 김해 시내로 향했다. 희진이를 내려준 후 타고 간 택시로 되돌아왔다. 매주 두 번 연습이니 4만 원씩 택시비를 사용했다.

5월 첫 주부터 운전해서 희진이를 데려다주기 시작했다. 남편은 내가 차로를 바꾸는 일이 거의 없도록 길을 가르쳐주었다. 아파트에서 나올 때 좌회전, 큰길에서 우회전하면서 1차로까지 진입, 이후 좌회전 한 번 더 한다. 지하차도랑 만나는 지점에서 한 번만 더 차로를 바꾸면 계속 직진이다. 왕복 한 시간 거리인데 시간은 20분 더 걸렸다. 초보운전이라 붙여두어서 다행이다 싶었다.

합창단원이 되겠다는 희진이를 위해 운전 연수를 받고, 핸들도 잡았다. 다리가 짧아서 운전석 의자를 최대한 앞으로 당긴다. 그래야 내 오른발에 브레이크가 닿는다. 운전할 때마다 주차 사진을 찍어 인스타그램에 올렸다. 희진이를 위한 운전이었으나 스파크가 온전히 내 차가 된 것 같아 저절로 노래를 흥얼거렸다. 부장으로서 출장 가야 할 때 운전하려고 할부로 샀던 스파크다.

화요일, 금요일은 희진이 합창 가는 날. 독서교육지원단 출장이 화요일에 잡힐 때가 있었다. 예전에는 운전할 수 없어서 택시를 불러 희진이를 연습 장소에 보냈다. 지금은 나를 위해 운전하다 보니 희진이가 택시를 이용하게 된다. 김해 시내 같은 길로만 다니던 나는 창원 출장도 자주 가기 시작했다. 주차 사진도 찍어보고, 운전할 때 떠올랐던 생각도 인스타그램에 메모했다.

창원교육지원청에 강의하러 갈 때는 금요일이었다. 교육지원청 현관과 가장 가까운 주차 공간에 '강사용'이라는 콘이 세워져 있었다. 주차하기 위해 콘을 치우는데 교육지원청 관계자가 말했다.

"여긴 강사용 주차 자리입니다."

"제가 강사인데요"라고 말하고 후진해서 주차한 기억도 있다.

전기차, 남편이 가끔 꺼내는 단어다. 차에 대한 정보를 알아보는 것까지는 괜찮다고 생각한다. 사는 건 반대했다. 스파크로 타고 다니자고, 다섯 명 모두 이동할 땐 렌트하자고 나는 주장하고 있다. 스파크로 충분하다. 할부도 끝났다. 주차하기 편하다. 유류세 지원도 받는다. 무엇보다도 내 차라 좋다.

며칠 전에는 처음으로 고속도로에 진입했다. 기념하고 싶어서 사진을 찍었다. 출장 근거 자료가 될까 싶어 하이패스 아닌 창구 쪽으로 들어가서 영수증도 받았다. 위치에 맞게 차를 세워서 창문 내리는 일도 쉽지 않더라. 일주일에 한두 번 시내 운전하면서 초보운전 스티커 그대로 붙여놨다. 안심된다.

차 종류도 모르고 금액도 관심 없다. 대면 강의도 간간이 다니기 시작한 입장에서 스파크 충분하다! 병원 주차장에 세워진 내 차를 운전할 줄 몰라 버스 타고 집에 오던 시절을 생각하면 크게 발전했다.

운전은 나에게 도전할 수 없는 영역이라고 여겼다. 대중교통 이용하고 남편의 도움도 받으며 다니곤 했다. 이동에 있어서는 의존할 수밖에 없었다.

아직 골목마다 차를 몰고 다니는 실력도, 상황에 따라 대처하는 순발력도 부족한 편이다. 내가 반드시 가야 할 곳에 스파크를 운전해서 갈 수 있다는 점에서는 운전 도전하길 잘했다고 생각한다.

매주 두 번씩 운전한 지 일 년 되었을 때 창원에서 작가 모임이 있었다. 내 차 몰고 창원 중앙역에서 대기했다. 작가님 네 분을 태우고 운전해서 창원 '진해코끼리'라는 곳까지 움직였다.

이은대 작가님이 "목숨 걸고 탔네. 백 작가 초보운전인데"라고 말했다. 초보운전이지만 안전하게 모시고자 사전 답사도 끝냈다. 운전에 대해 자만할 수는 없지만 얹혀 다니기만 한 내가 서울에서 내려오는 작가님들을 태운 것이 뿌듯했다.

스파크 덕분에 마음 나눌 수 있었고, 과거 나를 태워준 옆 반 선생님에게 새삼 고마움을 느꼈다. 내 차를 통해 사람을 만났고 감사를 배운다. 남편이 타기엔 좁게 느껴지겠지만 나는 충분하다. 물건을 통해 인간관계를 배우는 것 같다.

희진이가 2년 동안 배우던 합창을 일주일 전에 그만두었다. 위촉 기간이 다 되었다. 2년 더 연장하기를 바랐지만 중2 희진이는 합창단원 사직서를 제출했다.

운전 때문에 기회를 놓친 일이 많았다. 이제는 나비 독서 모임도 월 1회, 아침 7시에 나간다. 부산 시내 운전이 쉽지는 않겠지만 용기를 내볼 생각이다. 여름방학 때 대구교대 교육대학원에 공부하러 갈 때도 자차로 갈 수 있지 않을까 기대하고 있다. 벅차다.

가만히 있었을 때는 아무 일도 일어나지 않았다. 운전을 해야겠다고 마음먹고 연습을 시작했다. 경험을 쌓았다. 그리고 할 수 있는 영역이 되었다. 한 가지 도전이 다양한 기회를 만든다.

03 향기 나는 사람이고 싶다

- 서한나

초등학교 때부터 즐겨 쓰는 미피 펜. 미피라는 하얀 토끼가 그려진 볼펜이다. 잉크 펜이라 필기감이 좋다. 색도 열 가지나 되니 다양하게 쓸 수 있다. 무엇보다 좋은 건 향기다. 필기하고 있으면 냄새가 난다. 포도 냄새, 딸기 냄새, 사과 냄새 등 색마다 향도 다르다. 펜 향기를 맡으려고 뭐라도 끄적거려본다. 기분이 좋다. 공책, 지우개, 스티커 등 각종 문구류에 향이 나는 제품이 있으면 일단 사고 본다.

섬유유연제를 사야 할 때가 되면 엄마를 따라 마트에 갔다. 좋아하는 향의 섬유유연제를 고르기 위해서다. 옷감에서 나는 향이 좋다. 페브리즈도 좋아했다. 옷마다 뿌려대고 향기를 맡았다. 향을 맡으면 저절로 미소가 지어진다.

양키 캔들도 좋아했다. 미드썸머나잇 향을 선호한다. 향을 맡고 있으면 마음이 편해졌다. 방향제가 떨어지지 않도록 여러 개를 쟁여둬야 안심이 됐다. 친구에게 선물할 때도 방향제, 캔들 등 향이 나는 제품으로 했다.

독서 모임에서 에센셜 오일에 대해 알게 됐다. 에센셜 오일은 흔히 아로마 오일이라고 불린다. 에센셜 오일은 식물의 뿌리, 꽃, 씨앗, 나무껍질 등에 식물이 숨겨놓은 화합물들을 말한다. 식물은 동물들과 달리 움직일 수 없다. 자신을 보호하기 위해 오일이 담긴 주머니를 가지고 있다. 이를 에센셜 오일이라고 부른다.

오일 체험 기회가 있었다. 오일 향을 맡아보고 마음에 드는 향으로 향수를 만들었다. 에센셜 오일은 향이 좋고 진했다. 방향제 향과 달랐다. 인공으로 만든 향이 아닌 천연 오일이라 안전하게 사용할 수 있다는 점도 좋았다.

그 이후 에센셜 오일 자격증 과정이 있다는 것을 알게 됐다. 아로마테라피는 향기 치료라고도 불린다. 고대 이집트, 중국, 인도 등에서 활용됐다. 현재도 대체의학의 한 종류로 활용되고 있다. 스트레스 감소나 기분 개선 등 건강상의 이점이 많다. 아로마 테라피 2급 자격 과정에서 에센셜 오일의 효과와 기본 사용 방법을 배울 수 있다고 했다.

향을 좋아하고 관심이 있으니 배워두면 좋을 것 같았다. 업무에서도 잘 활용할 수 있을 것 같았다. 내 직업은 장애인재활상담사다. 장애인재활상담사는 장애인이 취업할 수 있도록 능력을 평가한다. 평가한 결과로 직업훈련이나 취업 알선을 한다. 취업한 이후에도 회사에 적응하도록 지원한다. 장애인 취업을 지원하는 역할을 한다고 보면 된다.

아로마 테라피를 장애인 여가 프로그램으로 활용해도 좋을 것 같았다. 특히 내가 주로 담당하는 발달장애인에게 효과적일 것이라는 생각이 들었다. 발달장애인 중 일부는 의사 표현이 잘되지 않는 경우가 있다. 그러다 보니 감정 표현이 적절한 방법으로 되지 않을 때가 있다. 요즘에는 두 가지 장애가 같이 있는 중복장애인도 많다. 발달장애에 정신장애를 동반한다. 아로마 오일이 심리 안정에 좋으니, 장애인에게도 도움이 될 것으로 생각했다.

자격증 취득 과정은 4주간 진행됐다. 아로마 테라피에 대한 기본적인 내용, 각 오일 효과, 아로마 오일 활용 방법 등 전반적인 내용을 다뤘다. 신기하고 재미있었다. 오일을 일상에서 활용할 수 있는 방법도 배웠다. 세제, 화장품, 방향제, 먹는 것까지 다양하게 사용할 수 있었다. 내가 좋아하는 향으로 일상 용품들을 만들 수 있다니 좋았다.

자격증을 취득한 후 업무에서 에센셜 오일을 사용했다. 장애인 이용자들과 활동할 때 사용했다. 각자 아로마 오일 향을 맡아보고, 선택한 향으로 향수를 만들었다. 좋은 향이 난다며 이용자들이 좋아했다. 이용자들이 작업하다 손이 베였을 때도 아로마 오일로 소독해줬다. 이용자들은 향도 나고 소독도 된다니 좋아했다. 갑작스러운 감정 변화에 어려움을 겪는 이용자에게도 사용했다. 상담실이나 휴게실에 가서 같이 얘기하며 아로마 오일 향을 맡을 수 있도록 했다. 오일을 발향하면서 호흡하면 심리적으로 안정을 취하는 데 도움이 됐다. 기분이 안 좋을 때 먼저 와서 아로마 오일이 필요하다고 표현하는 이용자도 생겼다.

장애인 보호자 프로그램도 진행했다. 좋아하는 향을 골라 향수를 만들었다. 오일 향을 맡아보면서 향에 관해 이야기했다. 선택한 향에 대해서 현재 감정을 해석해서 말해주면 보호자들은 속마음을 들킨 것 같다고 했다. 어떻게 알았냐고 신기해하기도 했다. 보호자 이야기가 실마리가 되어 서로 생각을 자연스럽게 말할 수 있었다. 프로그램에 참여한 보호자들은 '향기를 맡으며 스트레스가 해소됐다', '오랜만에 힐링하는 시간이었다', '내 마음을 돌아볼 수 있었다' 등 좋은 의견을 줬다.

아로마 테라피 자격증을 취득한 후, 매일 아로마 오일을 사용하고 있다. 하나둘씩 오일을 사서 사용하다 보니 지금은 100개가 넘는 에센셜 오일을 가지고 있다. 오일 함을 열어 오일을 바라보고 정리할 때 기분이 좋다. 설렌다. 아침에 일어나면 기분에 따라 오일을 발향한다. 명상하거나 집중하고 싶을 때도 사용한다. 음식에 첨가해서 먹는다. 화장품과 섞어서 활용하기도 한다. 기분이 다운되거나 피곤할 때, 소화가 잘되지 않을 때, 두통이 있을 때 등 다양하게 사용하고 있다.

아로마 오일을 사용한 지 4년째다. 내가 가장 좋아하는 것, 향기 그리고 아로마 오일. 어릴 적부터 왜 향기를 좋아했을까 생각해보니, 향내 나는 사람이 되고 싶었던 것 같다. 에센셜 오일은 어떤 식물에서 추출하느냐에 따라 향과 약리효과가 다르다. 나만의 향기로, 나만의 특색으로 주변 사람에게 도움이 되는 사람이 되고 싶다. 나로 인해 좋은 에너지를 받는 사람들이 많아지길 바란다.

04 61세 환갑에 나를 찾아온 88 그랜저

- 이선희

60세다. 그랜저 한 대 빼달라고 노래 불렀다. 남편은 바로 대답하는 사람이 아니다. 알았다고 고개만 끄덕거린다. 그동안 사준 차가 세 대다. 처음 사준 차가 초록색 엑센트였다. 아이들 많이 태우고 다녔다. 남편은 자영업의 대표로 바빠 회사에서 기거할 정도이다. 아이들 챙기는 것, 내 몫이다. 차 태우고 서울에 있는 친정에도 가고, 놀이공원, 동물원, 그리고 매일 출퇴근하는 용도로 가장 많이 끌었다.

엑센트 하면 떠오르는 기억이 있다. 세 살 때 걷다가 갑자기 일어나지 못했다. 놀란 엄마가 달려왔다. 그 시절 소아마비가 유행이었다. 아무리 세워도 일어나지 않으니 큰일 났다고 생각하고 이 병원 저 병원 다녔다. 시골이니 의료시설이 취약했다. 주로 침을 맞으러 다녔다. 열심히 치료받은 덕에 많이 나았다. 아홉 살 때 친구들과 나물 캐러 갔다. 위에서 굴러오는 돌을 피하지 못했다. 왼쪽 허벅지에 정통으로 맞았다. 또 일어나지 못했다. 아버지가 자전거 태워서 병원 다녔다. 초등학교 다닐 때 체육은 참가하지 못했다. 오랫동안 다리를 살짝 절었다. 지금 같으면 병원에 가서 바로 진단받는다. 그 시절 형편 넉넉하지 못하니 그럴 수 없었다. 부모님도 살짝 무지했다.

약간 저는 다리로 청소년기를 보냈다. 27살 선보고 만난 남편과 결혼을 결심하고, 첫 번째 한 일이 다리를 진단해보는 일이다. 결혼하는 데 가장 중요한 것은 솔직하게 소통하는 것이다. 시집가야 하는데 불편한 몸 숨기고 갈 수 없었다. 서울에 있는 한 병원에서 진단해보니 예전에 다친 다리, 왼쪽 허벅지의 관절이 어렸을 때 자라지 못해 양쪽이 같지 않다. 언젠가는 수술해야 한다. 인공관절 수술이다. 의사에게 전달받은 내용이다. 지금 수술해도 나중에 또 해야 하니 마흔 넘어서 하라고 한다. 결혼할 사람에게 내 상황이 이런데도 결혼할 거냐고 물었다. 남편은 상관없다고 한다. 다리에 대한 이야기를 스스로 한 번도 꺼내본 적이 없었다. 나에게는 숨기고 싶은 아픔이었고 비밀스러운 부분이었다. 결혼하고 50대 후반에 수술했다. 지금은 정상으로 잘 걷고 있다.

이런 상황을 미리 알게 된 남편은 나의 건강과 아이들 챙기라고 일찍부터 차를 사주었다. 처음 구입한 엑센트가 집에 도착한 지 얼마 되지 않았다. 춘천에 있는 큰시누에게 전화가 왔다. 어머니가 집에 없는데 어찌 너희는 새 차를 뺐냐고 육두문자 쏟아놓는다. 사실 시동생과 남편이 조금 다투는 일이 생겼다. 둘이 다투고 시동생이 회사에서 나가자, 어머님도 큰딸네 집으로 가셨다. 어머니는 버스 두 번 타고 힘들게 큰시누에게 가셨는데, 나에게 차를 사주었다는 소문을 들으니 화가 났나 보다. 그때 시누한테 욕먹은 사실을 아직도 남편에게 말하지 못했다. 시댁이란 곳이 이렇구나! 속으로 받아들이고 상처는 받지 않았다. '형님이 사준 것 아니잖아요! 내 남편이 사주었는데 뭐' 하며 신나게 아이들 태우고 다니며 남편을 도왔다. 이렇게 첫 승용차에 대한 기억은 좋지 않았다. 그렇지만 좋은 기억이 더 많다. 아이들 학교 숙제할 때 많이 태우고 다녔다. 청주에 있는 문화단지, 여름에 계곡, 서울에 있는 친정, 아들 둘이 좋아하는 공룡 나라, 여행 등 다양하게 자동차의 덕을 보았다.

그 후 차에 문제가 생기지 않아도 때가 되면 아이들과 나의 건강을 위해 부지런하게 승용차 바꿔주었다. 아반떼, K5 등 주로 현대 기아 차다. 우리 회사가 현대 기아 2차 밴드에 납품한다. 삼성이나 대우 차 타기가 민망했다. 차를 운전하면 여러 가지 편한 점이 많다. 첫째, 시간이 절약된다. 하루에도 수시로 남편 심부름해야 한다. 그 시절에는 직원들 점심도 회사에서 해주었다. 시장도 보고, 유치원에서 아들 둘도 데리고 온다. 기계가 고장 나면 부속도 사 와야 한다. 이렇게 여러 가지 일을 돕기 위해서도 차가 필요하다. 둘째, 바쁜 사람이 아이들 챙기려면 차는 필수품이다. 일찍부터 운전해서 하루에 많은 일을 처리했다. 은행 업무는 물론 회사의 비품도 챙겼다. 셋째, 우선순위 전략을 세울 수 있다. 아들 둘이 어린이집에 있는 시간에 모든 일을 마쳐야 한다. 어린이집 등하교는 물론, 동네에 부업도 가지고 가서 나누어주었다. 이런 여러 가지 이유로 차와 나는 한 몸처럼 붙어 다녔다.

60이 되었다. 은근히 떼를 썼다. 이제 그랜저 타고 싶다고 수시로 말했다. 자기 고집은 있지만 내 말은 넌지시 들어주는 사람이다. 61세 생일 선물로 부탁했다. 말하면 그 순간부터 저축하고 준비하는 사람이니, 여러 번 이야기했다. 이번에는 귓등으로 듣는다. 아무래도 지혜를 발휘

해야 할 것 같았다. 어느 날 남편과 세종시에 있는 골프장에 가게 되었다. 지인이 신협 이사장이다. 그쪽 두 부부와 우리 두 부부가 가끔 운동을 즐긴다. 마침 이야기 도중 사위가 현대차 판매하는 사람이라는 말 들었다. 기회는 이때다 하고 바로 사위를 남편 회사로 초빙하기로 했다. 어차피 사주기로 약속한 일, 반드시 지킬 수밖에 없게 만들었다.

"와! 나도 남편이 환갑에 그랜저 사준다고 했는데 사위 신광전자로 보내서 차 설명해주면 어떨까요"라고 했다. 남편은 갑자기 벌어진 일에 약간은 당황해했지만, 자신의 명함을 사위에게 전달하라며 주었다. 두 부부는 그 자리에서 사위에게 전화했다. 일은 일사천리로 진행되었다. 다음 날 사위가 회사로 왔다. 그랜저의 가격, 옵션을 이야기하고 다른 차와 비교해주었다. 드디어 그랜저 사기로 확정했다. 약간의 꾀를 썼다. 이왕이면 환갑 전에 도착하게 만든 기지이다. 남편은 모른다. 내가 순간적으로 꾀를 썼는지, 빠른 발상으로 머뭇거리는 남편이 결정을 당기도록 도왔다.

남편은 비즈니스에 강한 사람이다. 지인 사위가 직접 와서 차를 홍보하는데 사지 않을 수 없다. 환갑 전에 꽃다발과 함께 짜잔 하고 차가 도착했다. 기분이 좋다. 지인 사위에게 차에 대한 설명을 듣고 이것저것 만져보았다. 운전은 오래 했지만, 차에 대해 잘 모른다. 설명해줘도 그때뿐이다. 설명서도 잘 읽지 않는다. 몇 가지 옵션과 함께 도착한 차를 어루만졌다. 이제부터 나의 동무다. 함께 어려운 일 해결해나갈 것이다. 내가 강의하거나 글을 쓸 수 있게 시간도 절약해줄 것이다. 도서관도 데려다줄 것이다. 그리고 내가 좋아하는 송절동 책방, 서점도 함께 간다. 내 인생의 마지막 동무라고 생각한다. 이제 적지 않은 나이다.

307더8896, 뒤 번호도 팔팔로 시작한다. 팔팔한 그랜저 차분하고 신중하게 끌고 있다. 손주 유한이도 자주 태운다. 속도 줄인다. 동무처럼 함께 오래 다니려면 소중히 여기고 귀하게 대접한다. 사물이지만 내가 좋아하는 것 알 것이다. 차에게 묻고 싶다. 너도 나에게 하고 싶은 말 있으면 해보라고. 그리고 부탁한다. 오래도록 나와 함께하자고. '고맙다 친구야!' 바쁘고 힘들 때 짐도 실어주고 내가 속상할 때 혼잣말도 다 들어주는 동무다. 집에다 두지 못하는 물건도 차에 있다. 어쩌면 그 누구보다도 나와 함께하는 시간이 많다. 그동안 차 운전을 배운 덕에 하루에 많은 일을 처리할 수 있었다. 우선순위 전략을 가장 많이 도와준 도구이기도 하다. 차를 운전하면 세상이 넓게 멀리 보인다. 고마운 친구에게 오늘은 내 마음의 사랑을 속삭여본다. 앞으로도 잘 지내보자고. 나는 너를 소중히 여기며 끝까지 함께할 거라고.

05 책은 나의 보물

- 이정화

책을 좋아한다. 책 쓰기 정규 수업을 들으면서 독서를 하기 시작했다. 처음에는 2주에 한 권도 읽기 힘들었다. 어느 순간 한 주에 한 권을 읽기도 한다. 책을 읽는 동안 나에게 와닿는 부분에 색연필로 줄을 긋는다. 책마다 색연필의 색을 다르게 한다. 책 표지와 비슷한 색으로 하거나, 책 내용을 보고 색을 고르기도 한다. 인덱스 스티커를 붙여서 줄 친 문장을 쉽게 찾을 수 있게 한다. 다이소에 가면 1~2개씩은 구매한다. 줄과 줄 사이에 쏙 들어가는 굵기에 1/3 정도만 색이 칠해져 있다. 지그재그로 붙어 있다. 하나를 떼어내면 다음 스티커를 떼기 쉽게 반대 방향으로 나온다. 사용하기도 편하고 휴대도 간편하다.

책에 스티커를 많이 붙이는 사람일수록 책을 처음 읽는 경우가 많다고 한다. 나를 두고 하는 말 같다. 한 권의 책에 적게는 10개, 많게는 30개도 넘는 스티커를 붙이기 때문이다. 스티커 북마크도 붙인다. 책에 붙였을 때 튀어나온 부분이 구부러지거나 찢어지지 않아 깔끔하게 보인다. 책 내용을 블로그에 쓰고 간단한 메모 용도로 활용하고 있다. 다른 스티커보다 가격이 저렴하지 않다는 단점이 있다. 선물받은 투명 북커버는 스크래치가 걱정되는 책에 쓴다. 북슬리브는 천으로 만들어진 주머니 모양이고 외부에 단추와 고무 끈이 달려 있다. 2권 넣어도 넉넉한 크기다. 책 사이에 끼워놓은 책갈피, 색연필, 휴대용 스티커를 함께 보관하기 좋다. 책을 넣고 고무 끈을 단추에 끼우면 책 사이에 있는 내용물이 흘러내려도 북슬리브 안에서 쉽게 찾을 수 있다. 좋은 글귀가 적힌, 선물받은 종이 책갈피는 사용할수록 걱정이 되었다. 하나씩 생기는 스크래치와 구김 때문이었다. 플라스틱으로 된 투명 북마크를 사서 쓰면서 걱정을 덜 수 있었다. 인터넷 서점 '알라딘'에서 문구류와 독서 용품 등을 필요할 때 구매하는 편이다. 적립금을 모아서 사면 선물받은 느낌을 받기도 한다.

『만일 내가 인생을 다시 산다면』이라는 책을 쓴 김혜남 저자는 알츠하이머병에 걸렸지만 책을 쓰고 있었다. 자신이 움직일 수 있는 최대한으로 노력하여 열심히 살아내는 작가를 보았다. 안 아픈데 책도 못 쓰는 나를 반성하게 되는 시간이었다. 공저 책에 도전하는 계기가 되었다. 이서윤, 홍주연 저자의 책 『더 해빙』은 긍정적으로 생각하는 힘을 어떻게 현실에 접목하는지 알게 된 책이다. 행사 용품 1+1을 사는 경우가 많았는데 꼭 필요하지 않으면 1개만 산다. 책에서 배우고 나의 삶을 객관적으로 보게 되었다. 읽다 보면 목표를 세우고 앞으로 나가게 도와주는 길잡이 역할을 하는 책도 있다. 독서를 하는 방법이 적힌 전자책 『독서 에세이』는 이은대 저자의 책이다. 효과적인 독서의 방법과 독서의 중요성을 설명하고 있다. 내가 놓치고 있던 독서 방법도 배울 수 있었다. 사람의 머릿속과 마음을 정돈하기에 적합한 도구가 독서와 글쓰기라 말한다. 블로그에 조금씩 글을 쓰면서 마음을 정리하고 있다. 『김미경의 마흔 수업』은 마음을 잘 풀어줬고, 미래를 향해 도전하고자 하는 마음을 갖게 해 준 책이다. 여자로서 공감하는 내용도 있었다. 지금 무엇을 새로 시작하는 것이 두려웠는데 해도 된다는 용기를 받아 목표도 세웠다.

작년 가을에 R이 『김미경의 마흔 수업』을 빌려달라고 했다. 예전에 학부모 독서 모임에 참여한 적이 있는데 그때 함께 나눴던 책이었다. 내가 읽지 않은 책이라면 빌려줬을 거다. 하지만 내가 읽은 책을 빌려달라고 하니 빌려주기 싫은 마음이 들었다. 내가 좋아하는 문장에 줄을 긋고, 스티커로 표시를 해둔 책을 누군가가 읽고 스티커 부분이 훼손될 것 같아 싫었다. 그리고 만일 빌려주고 못 받기라도 하면 돌려달라고 말도 못 하고 속앓이를 할 것이 뻔했다. 내 성격을 알기에 애초에 벌어질 일을 만들지 않기로 했다. R에게는 내가 줄 친 부분이 많아서 읽기에 불편할 거라 도서관에서 빌려 보라고 말했다. 그 이후로 책을 빌려달라고 하지 않았다. 한편으로는 미안했고, 다른 한편으로는 후련했다.

서른에 만난 K는 같은 해에 아이를 낳았고 동갑인 친구다. 평소에 취미로 운동과 독서를 하는 친구다. 틈만 나면 운동과 독서를 권했다. 시간이 없다는 핑계로 하지 않았다. 남편과 싸웠을 때 하소연을 들어주며 나의 편이 되어주었다. 최근에 맨발 걷기를 하면서 좋아진 발목을 이야기했다. 독서를 하면서 친구에게 책을 추천해주기도 했다. 친구는 내가 독서를 하고 나서 말투나 생각이 바뀌었다고 한다. 불평불만을 달고 살던 내가 운동과 책에 관한 이야기를 한다는 것이다. 요즘은 반대로 친구의 고민을 들어주고 위로를 해준다며, 바뀐 모습에 좋아하며 응원해준다. 서로에게 책을 선물해준다. 내가 변화된 모습을 친구가 이야기해주니 더욱 확신이 든다. 책은 나를 변화시키고 있었다. 책을 가방에 들고 다니면서 틈틈이 보고 있다. 책을 놓고 다닐 수 없는 이유다.

도서관에서 책을 빌려 보는 것보다 사는 것이 좋다. 읽고 싶을 때 읽는 즐거움을 누릴 수 있다. 와닿는 문장에 줄도 긋고, 스티커도 마음껏 붙일 수 있어 편하다. 도서관에서 빌리면 시간이 정해져 있어 압박감이 생겨 싫다. 절판된 도서는 중고로 산다. 책을 읽을수록 책에 대한 애착이 생겼다. 책이 늘어날수록 흐뭇했다. 책을 구매하는 돈은 아깝지 않았다. 책장에는 읽은 책도 있지만, 읽지 않은 책도 있다. 책장에 자리가 없어 이중으로 쌓여 있는 책을 보고만 있어도 좋다. 지금은 자기 계발서 위주나 철학 책 위주로 읽고 있지만 조금씩 다양한 책도 접해볼 생각이다.

책을 통해 알게 되는 문장에 색연필로 줄을 긋는다. 스티커도 붙이고, 블로그에 짧은 후기도 쓴다. 나를 변화시키는 책을 소중하게 가지고 다닌다. 내가 표시해둔 스티커가 훼손될까 염려되어 빌려주는 것을 꺼리지만, 책을 아끼는 사람에게는 언제든 나눌 수 있다. 책을 통해 내가 배우는 교훈을 다른 사람도 함께 알고 배우길 희망해본다. 보석은 땅속에 묻혀 있을 때는 가치를 인정받지 못한다. 세상에 모습을 나타내고 누군가 가공을 해야 멋진 보석의 본모습을 찾을 수 있다. 책도 마찬가지다. 책을 읽고 함께 내용을 나누는 삶을 살아가려 한다. 책에서 찾은 보석은 삶의 지혜를 배우는 것과 같다. 저자들의 인생을 통해 배우며 삶의 가치로 만들고 싶다. 그래서 책이 더욱 소중하다.

06 자동차의 인과응보

- 정은주

"키트, 도와줘!"

빈 손목에 대고 속삭였다. 고등학교 때 세계사 선생님이 지나갈 때면 아이들은 갑자기 FBI 요원으로 변신했다. 소리 없이 낄낄대느라 어깨만 들썩였다. 중, 고등학교 때 TV에서 미국 드라마 '전격 Z작전'이 방영되어 인기를 끌었다. 곱슬머리 주인공 마이클 나이트가 손목시계에 탑재된 호출기로 인공지능 자동차 키트(KITT)를 불렀다. 자동차는 스스로 운전하여 주인공을 태우고 가거나 날아오는 총알을 막기도 했다. 함께 악당을 물리쳤다. 심지어 사람처럼 말도 하며 주인공과 티키타카를 이어갔다.

세계사 선생님의 차는 당연히 인공지능형이 아니었다. 하지만 두 가지 특이점이 있었다. 먼저 자동차 색깔과 차 이름. 주황에 가까운 빨강이고, 이름도 특이한 '에스페로'였다. 한국 사람들이 선호하는 흰색 아니면 검은색 차량 사이로 안 보려고 해도 눈에 띄는 색감이었다. 두 번째는 차 뒤에 따라가는 차량 운전자가 흠칫 놀란다는 것이다. 차가 혼자 움직이기 때문이다. 거북목으로 얼굴을 당겨 다시 한번 운전석을 살펴보아도 분명 자율 주행을 한다. 남자임에도 유난히 키가 작은 선생님, 아무리 허리를 곧추세워도 운전석 헤드레스트에 가렸다. 머리가 보이지 않았다. 그렇게 운전자를 숨겨주었으니 20년을 당겨 미래에서 온 게 분명했다. 장난기 많은 여학생들은 웃음을 참으며 키트를 호출했다.

대학교 1학년 겨울방학이 시작될 무렵. 눈발이 하나둘 내리던 날이었다. TV에서는 운전면허 시험 비용이 오를 것이라는 뉴스가 나왔다. 지하철 에스컬레이터 위에서 아버지와 통화했다. 지금 신청하지 않으면 다시는 없을 기회라고 과장했다. 당장 신청하라고 아버지는 말했다. 거짓말은 아니지만 과장해서 한 말이 들키지 않아서인지, 운전할 수 있는 나이가 됐다는 생각 때문인지 목소리는 살짝 떨렸다. 학원비와 차비로 쓸 30만 원이 입금되었다.

아버지는 화물 주차장을 운영했다. 1톤에서 25톤 트레일러까지 각종 화물차가 있었다. 높은 차에서 기사들이 내리는 장면을 어릴 때부터 보며 자랐다. 보조석에 한 번씩 타본 경험밖에 없지만 나도 운전을 잘할 거라는 자신감만 높아졌다. 운전면허 학원 등록할 때 '스틱'과 '오토'의 차이도 몰랐다. '운전은 트럭이 최고지!' 하며 1종 면허 시험을 신청했다. 필기 시험도 대충 공부하고 OMR 카드 작성 연습만 했다. 첫 시험은 78점, 합격 점수에 2점이 부족했다. 법이 바뀌기 전 마지막 시험이라서 60점만 넘으면 되는데, 몰랐다. 아버지에게 떨어졌다는 말도 못하고 재수했다. 필기 시험 두 번째 98점 맞고 합격했다.

큰 문제가 기다리고 있었다. 2종 오토 시험이라면 무난히 넘어갈 일이다. 실기 시험에 언덕길을 오르는 코스가 있었다. 평지에서 탄력을 받아 언덕을 오르는 곳이다. 브레이크를 밟았다가 재빠르게 액셀러레이터로 발을 옮겨야 한다. 순발력과 힘이 필요했다. 트럭은 '스틱', 다시 말해 수동으로 운전한다. 하필이면 왼쪽 다리로 두 가지 기능을 수행해야 했다. 어릴 때 생긴 치료 부작용으로 제대로 굽혀지지 않는다. 게다가 오른발에 힘을 주고 걸어 왼발은 잘 사용하지 않았다. 당연히 힘이 약하다. 차 시동 많이 꺼졌다. 경사로 뒤로 미끄러지기도 했다. 괜찮다고 하는 성격 좋은 강사도 있지만 버럭 화부터 내는 강사도 있었다. 심장이 벌렁벌렁, 뜨거워진 목구멍을 누르며 왼발에 힘을 줬다. 연습하러 가기 전부터 가슴이 막히고 한숨이 나왔다. 머릿속으로 그려볼 때는 성공했다. 실전에서는 실패할 때가 많았다. 연습 기간 동안 운 좋게 2번 성공했다. 트라우마로 자리 잡을 즈음에 실기 시험을 봤다. 나를 지도하던 강사가 언덕 코스에서 감점되어도 다른 코스에서 잘하면 된다고 조언했다. 수험번호가 불리고 지정된 차에 올라탔다. 머릿속에는 온통 '언덕! 언덕! 언덕을 오르자!'라는 소리만 울려 퍼졌다. 연습할 때는 항상 강사나 다른 학생과 함께 타던 차였다. 혼자 타니 시동 거는 차 키가 더 차갑게 느껴졌다. 핸들을 쥔 손이 움츠러들었다. 서서히 발을 떼고 액셀러레이터를 밟았다. 긴장해서인지 생각보다 언덕이 가깝게 느껴졌다. 거기만 통과하면 자신감이 붙을 것 같았다. 왼쪽 다리에 힘을 주었다. 브레이크를 밟고 액셀러레이터로 옮기는 순간 너무 빨리 움직여 살짝 미끄러졌다. 그래도 액셀러레이터 끝에 엄지발가락이 간신히 걸리는 느낌이 왔다. 속으로 '엄마'를 부르며 발가락 끝에 힘을 꽉 주었다. 살려냈다. 시동이 꺼질락 말락 하는 순간 온 힘을 다했다. 엄지발가락 끝에 실린 힘이 괴력을 발휘했다. '우와! 언덕을 통과하다니.' 머릿속에는 폭죽이 터졌다. 박하사탕 100개를 먹은 듯 속이 시원했다. 그 순간 황색 불이 노래방 사이키 조명처럼 돌아갔다. '삐용삐용삐용' 요란한 소리가 울렸다. 순발력과 판단력을 테스트하는 '돌발 상황'이다. 떨리는 손으로 비상등을 누르고 브레이크를 밟았다. 실기시험 합격을 따냈다.

운전대를 잡으면 사람의 본성이 나온다는 말, 믿지 않았다. 도로 연수 후 처음으로 서울 외곽에 갔다. 2차선 도로라 한적했다. 그래서인지 달리는 차들의 속도가 빨랐다. 고속도로 IC를 통과했다. 처음 내는 통행료 거스름돈을 받으며 '수고하세요!'라고 대답했다. 목소리가 경쾌했다. 해보고 싶던 일이었다. 기분 좋게 달렸다. 내 손으로 차를 운전한다니 뿌듯했다. 곡선이 나왔다. 2차선과 합류되는 병목 구간이었다. 학원에서 배운 대로 속도를 낮추고 곡선을 따라 천천히 갔다. 안도하는 순간이었다. 갑자기 뒤따라오던 좌석버스가 내 차 앞으로 들어왔다. 가로막는다는 게 맞는 표현이다. 순식간에 치고 들어와서 1, 2초 후에야 상황 파악이 되었다. 급하게 브레이크를 밟았다. 다행히 부딪치는 것을 막았다. 놀라서 아주 잠시 숨을 못 쉬었다. 버스 뒤꽁무니가 움직이는 것을 보고 서서히 속도를 냈다. 앞차는 나가다가 멈추기를 반복했다. 내 차도 전진과 멈춤을 반복했다. 이번에는 진짜로 박을 뻔했다. 초보운전 딱지가 생각났다. 순간 주먹으로 클랙슨을 내리쳤다. '빵빵' 경적 소리가 요란하게 울렸다. 나도 모르게 눈알이 뒤집어졌다. 왼손 손가락 전체로 서둘러 버튼을 눌렀다. 창문이 다 내려가기도 전에 고함쳤다.

"야, 너 이 썅! 내려!"

병목 구간을 지나 두 차가 나란히 섰다. 버스는 1차선, 내 차는 2차선. 운전기사와 거리가 멀었지만 기회를 놓칠 수 없었다. 으르렁댔다. 미친개가 따로 없었다. 버스 기사와 승객들이 놀란 토끼 눈이 됐다. 육두문자 대잔치였다. 사람들의 시선도 시선이지만 내 입에서 나온 예상치 못한 말에 내가 더 놀랐다. 독서가 취미라고 하던 여자는 어디 갔단 말인가. 고등학교 때 국어 시험 문제를 한두 개밖에 안 틀렸는데 이런 분야에도 특출할 줄이야. 언어영역 1등급 솜씨를 제대로 보여줬다. 방아쇠만 당기면 발사되는 총알처럼 입속에 욕이 장전되어 있었다니…. 아무튼 그 뒤로 내가 가는 길은 언제나 고속도로였다. 운전대를 잡은 첫날 버스 기사에게 내리라고 욕을 날렸으니 무서울 게 없었다. 그 뒤로 여러 명의 운전자와 사건들이 있었다. 잘 달리다가 시동이 꺼져 견인차에 끌려가는 중고차만 탔는데 마음만은 언제나 장갑차를 몰았다.

우여곡절을 겪으며 운전하고 있지만 차는 나에게 없어서는 안 될 존재다. 차가 갈 수 있는 곳이면 나도 갈 수 있다. 버스나 지하철이 아무리 편하다 해도 장시간 이용하면 다리가 아프다. 작년에 계단에서 넘어져 왼쪽 다리 수술 후 깁스를 했다. 퇴원하고 집으로 오는 길에도 운전했다. 오른쪽 다리는 괜찮으니 운전하는 데 문제가 없었다. 이러니 차는 내 다리나 마찬가지다. 가벼운 접촉사고 외에는 28년간 무사고다. 남편도 인정한다. 나의 운전 실력을.

인과응보라고 해야 하나, 고등학교 때 선생님을 놀려먹은 대가인가?

오늘도 남편이 술 마시고 전화한다.

"은주, 도와줘!"

나도 모르게 출동하고 있다.

07 편리한 디지털 기록을 도와주는 애플 기기

- 최경희

1970년생으로, 아날로그에서 디지털 세대로 순식간에 넘어온 세대입니다. 인스타그램, 블로그, 유튜브, 이프렌드 등 접하면서 자연스럽게 디지털 기기를 주로 사용하게 됩니다.

종이와 펜, 디지털 메모장의 공통점은 일상을 함께하고 기록을 담는 도구들이라는 점입니다. 디지털 기기는 빠른 소통이 가능하여 넓은 세계와의 연결이 수월하고, 편리한 기능으로 많은 일을 한꺼번에 할 수 있습니다. 물리적으로 편한 환경을 만들려 노력합니다. 공간 배치를 자주 바꾸다 보니 가전 기기, 디지털 기기 카테고리에 관심이 갑니다. 휴대폰이 손에 없으면 아무것도 못 할 것 같다는 불편한 진실이 있지만, 일상을 편리하게 해주는 디지털 기기는 현대 생활을 하는 데 꼭 필요한 물건입니다. 새로운 것에 호기심이 많고 적응하는 것을 재미있어합니다. 기록, 공부, 빠른 정보 습득을 위해 기기든 플랫폼이든 적극 활용합니다. 디지털 기기는 애플 제품으로 사용합니다. 하루 중에 가장 많이 사용하는 것들입니다. 눈 뜰 때부터 자기 직전까지 세상과 소통하고, 나의 기록을 확인합니다. 그럼에도 불구하고 한쪽을 선택하라면 단연코 아날로그입니다.

다른 브랜드 제품 사용할 때는 조금만 사용해도 싫증이 나서 바꾸곤 했어요. 애플 제품은 사용자 경험에 최적화된 편의성 때문인지 오래 사용해도 질리지 않습니다. 신제품 발표할 때마다 달라지는 IOS 운영체제 업데이트도 한몫합니다.

애플 제품은 디자인이 예쁘고 고급스러운 터치감이 좋습니다. 처음에는 적응하기가 힘들지만, 익숙해지면 아주 편리합니다. 특히 아이폰으로 찍는 사진과 영상은 인위적으로 만들어내지 않은, 자연스러운 색감으로 감성적입니다. 사실 카메라 기능 때문에 애플 기기를 사용하기 시작했다고 할 수 있지요. 에어드롭 기능은 파일이나 사진을 주고받을 때 편리합니다. 기기끼리 보낼 자료가 있을 때 빠르게 처리할 수 있다는 것이 큰 장점입니다. 처음 사용할 때는 자판, 제스처 등 적응하는데 시간이 꽤 걸렸지만 익숙해지니 애플 세계에서 빠져나갈 수 없는 소위 '애플빠'가 되었습니다. 가격이 비싸다 보니 자연스레 애지중지하게 됩니다. 가장 많이 사용하는 기능이 메모장입니다. 손으로 적는 것보다는 자판으로 치면 빠르게 입력이 가능합니다. 급하게 흘림체로 쓴 내 글을 못 알아보는 일은 없습니다. 문제는 디지털 기록 때문에 아날로그 기록을 등한시하게 된다는 것입니다. 일부러 손으로 적을 수 있는 환경을 조성하지 않으면 빈 노트들이 쌓이기 일쑤입니다. 뭐니 뭐니 해도 기록은 아날로그입니다.

아이폰은 고급스러운 터치감에 듣던 대로 사진 색감이 예뻤습니다.

홈 버튼이 없어진 아이폰 XS로 스와이프 제스처 매력에 빠지게 되었고, 2020년 아이폰 12 프로맥스를 구입하여 지금까지 사용하고 있습니다. 그리고 2017년 구입한 아이맥으로 이 글을 쓰고 있습니다.

아이패드는 큰 화면에 펜슬로 끄적일 수 있는 환경을 만들어줍니다. 아이패드 드로잉 수업을 듣고, 하루에 몇 시간 동안 고개를 숙이고 그렸습니다. 아이패드 미니 5는 여행이나 출장 갈 때 꼭 가지고 다닙니다. 기차 안에서 책 읽고 디지털 메모하기 좋은 크기입니다. 애플워치는 수면, 스트레스, 심박수 모니터링, 운동, 식사, 활동 추적, 응급상황 SOS 호출 기능을 제공합니다. 손목에 착 감기는 착용감이 이질감 없이 편하게 사용할 수 있습니다. 에어팟 프로는 다양한 귀 모양에 맞춤형 핏으로 커스터마이징 가능한 노이즈 캔슬링 이어폰입니다. 노이즈 캔슬링 기능은 복잡하고 시끄러운 곳에서 오디오북이나 음악을 들을 때 최상의 환경을 만들어줍니다. 남편의 코 고는 소리가 커서 잠들기 힘들 때 착용하기도 합니다. 2021년 맥북에어는 13인치 작은 사이즈에 문서 처리하기 적합해서 강의할 때나 글쓰기 모임 할 때 사용합니다.

애플 제품을 사면 애플케어플러스 서비스를 함께 구입할 수 있습니다. 애플의 모든 제품에 대해 보증 기간을 연장하고 하드웨어 고장, 액정 파손, 침수 피해 등에 대한 물리적인 손상 보상, 고객 지원, 보증 서비스 패키지입니다.

책상 정리하다 콘센트에 아이패드 카메라 쪽을 살짝 부딪혔는데요, 액정에 금이 순식간에 퍼졌습니다. 애플케어 서비스 만료 딱 3일 전이었지요. 해운대에 있는 공식 서비스센터에서 무료로 교체받았고 새로 산 것처럼 기분이 좋았습니다. 애플케어 서비스는 2년 보증입니다. 구입한 지 2년 내 제품에 한해 무료 교체 또는 할인 가격 교체 가능합니다.

애플은 애플 제품끼리 호환성이 뛰어납니다. 정품 액세서리를 사용했을 때 제대로 보호할 수 있습니다. 예쁜 디자인 때문에 사제 액세서리 많이 사보았는데요, 착 붙는 맛이 없고 들뜨거나 어색합니다. 정품 액세서리가 가장 심플하고 착용감 또한 좋으니 오래 사용할 수 있습니다. 애플 기기는 가격이 모두 사악하리만큼 비쌉니다. 필요한 제품이 있으면 미리 카카오뱅크 26주 적금을 활용했습니다. 목돈 들어가는 느낌 없이 갖고 싶은 기기를 살 수 있어 좋습니다. 애플워치 구입하려고 최근에 출시한 카카오 '한 달 적금' 서비스로 하루 2만 원씩 모으고 있습니다.

분명 편리한 생활을 하고 있는데, 여전히 불편했던 아날로그 시대를 그리워합니다. 빠르게, 정확하게 처리하는 디지털 기기들이 일의 능률을 올리고 개인 성장에 큰 힘을 발휘하는 것은 사실입니다. 반면에 마음이 급해집니다. 카톡이나 인스타그램을 보고 있으면 나만 아무것도 안 하고 있는 것 같습니다. 숨이 가쁩니다. 감시당하는 것 같고 어딘가 얽매여 있는 느낌입니다.

디지털과 아날로그의 공존을 누릴 수 있는 부분은 글쓰기입니다. 종이 낙서와 메모로 끄적이고, 한글 파일 열어 자판으로 글 쓸 때 시너지가 납니다. 아날로그의 느낌으로 영감을 얻고 디지털로 빠르게 쓸 수 있으니까요. 흔들릴 때마다 여전히 나를 잡아주는 것은 종이와 펜입니다. 매일 아침저녁으로 5분 일기를 씁니다. 마음이 힘들 때마다 글로 나와 대화합니다. 디지털 기기가 아무리 편하다지만 내 마음을 오롯이 담아내지는 못합니다. 그래서 여전히 아날로그를 그리워합니다.

물리적인 환경을 만들고 종이와 펜으로 편안함과 여유, 생각하는 시간을 가질 수 있는 최고의 휴식을 선호합니다. 종이와 펜은 삶의 모든 순간에 '잠시 멈춤'으로 나를 만나는 시간을 선물합니다. 아픈 추억도, 현재 삶도, 미래도 종이와 펜이라는 표현 공간에서 치유되고, 살아내고, 꿈꿉니다. 디지털로 만들어진 소리가 아니라 사각사각 종이 위를 달리는 진짜 펜 소리로 바쁜 세상, 지친 나를 쉬게 하는 힐링 시간을 만듭니다. 종이책, 종이, 펜의 아날로그 삼총사는 인간만이 누릴 수 있는 최고의 사물입니다.

08 내향형 I와 I패드의 만남

- 최주선

나는 전자기기에 민감하지 않다. 기계를 잘 다루지 못하는 편도 아니지만, 큰 욕심도 없다. 그저 제 기능만 하면 잘 돌아가나 보다 싶어 군소리 없이 쓴다. 한국에서 살 때, 스마트폰이 멀쩡한데도 남편은 한 번씩 물었다.

"당신 스마트폰 새로 바꿀래? 지금 한 2년 넘은 것 같은데, 이번에 신종 할인 행사 한대. 당신 새로 바꾸고 당신 쓰던 거 나 줘."

2년 썼어도 멀쩡한데 왜 바꾸라는 건지 나는 별 관심이 없었다. 스마트폰을 5년 쓴 적도 있고, 망가져서 어쩔 수 없이 바꾸기도 했다. 심지어 무슨 색깔이 좋냐는 남편 말에는 대충 아무거나 집어서 말했다. 내가 아이들 사진 찍을 일이 많으니 스마트폰 카메라 성능이 좋은 게 나오면 그 이유에서라도 바꿀 것을 종용했다. 그 정도면 본인이 새것 쓰고 싶을 텐데 내 스마트폰은 좋은 걸로 바꿔주고, 내가 쓰던 기계를 남편이 썼다. 9년 전, 남편은 벼르다가 아이패드를 구매했다. 당시 대학원에 다녔던 남편의 아이패드 구매 명목은, 책도 보고 필기도 하고 다양한 원서를 봐야 한다는 거였다. 본인이 돈도 낼 거고 알아서 할 테니 그냥 됐다. 그렇게 쓰던 아이패드 프로 1세대를 들고 남아공에 왔다. 나는 쓸 일도 없었고 관심도 없었다. 쓸 줄도 몰랐지만, 스마트폰 하나면 충분했다.

코로나 이후 뭐라도 해볼까 싶던 무렵이었다. 블로그를 시작했다. 블로그 이웃 중에 그림일기를 그려서 올린 사람이 있었다. 생소하고 흥미로웠다. 분명 디지털 작업인 것 같은데 손 글씨였다. 스티커도 넣고, 직접 그린 그림도 있었다. 일과를 사진으로 오려 넣고 옆에 설명을 달았다. 그게 그리 궁금해 못 참고 댓글로 던진 질문을 계기로 '굿 노트로 그림일기'를 시작했다. 시작부터 난관이었다. 굿 노트는 아이패드에만 있는데 나는 아이패드가 없었다. 챌린지를 하는 한 달 동안만 빌려 쓰기로 했다. 아이패드는 내 소유가 되었다. 남편은 처음 구매했던 의도와 의욕과는 달리 아주 가끔 책 보는 용도로만 사용하고 있었다. 굿 노트 기능을 배워 잘 사용하는 나를 보더니, 임자 만났다며 오히려 뿌듯해했다. 남편 아이패드 덕분에 취미를 시작할 수 있었다. 이 아이패드가 남아공에 와서 첫 수익을 낼 수 있도록 도와준 요물이기도 하다.

매일 글 쓰고 강의하는 내게 노트북은 없어서는 안 될 중요한 저장소이기도 하다. 모든 원고와 강의안이 여기에 다 저장되어 있다. 노트북이 망가지거나 잃어버리면 기절할 만큼 중요하다. 지난 6년간 남아공에서 우울증 걸릴 법도 한데 외롭지 않게 전 세계와 연결을 도와준 도구다. 아마도 노트북이 없었다면 강의를 듣지 못했을 테고, 자기 계발은 꿈도 못 꾸었을 거다. 글도 쓰지 못했을 테니 내 책은 나오지 못했을 거고, 지금의 나도 여기에서 이런 모습으로 살 수 있었을지 미지

수다. 그런데도 아이패드를 먼저 언급한 이유는 작가가 되기 전부터 내게 뭔가 할 수 있다는 꾸준함을 알게 해준 도구가 바로 아이패드였기 때문이다. 노트북으로 할 수 있는 것과 아이패드로 할 수 있는 게 달랐다. IOS 체계에만 있는 앱은 일반 노트북으로는 할 수 없었다. 아이패드를 이용해 600일 넘게 그림일기를 그렸고, 800일 넘게 크로키를 그렸으며, 24개씩 이모티콘 열 개 세트 그려 승인받았다. 2,000장이 넘는 디지털 드로잉 인물 및 풍경화 습작 기록이 있고, 이 아이패드를 들고 그림 강의도 했다. 내가 그린 그림으로 달력과 메모지를 만들어 한국에서 판매도 했다. 아마도 아이패드가 없었다면 나는 이모티콘을 그릴 생각도 안 했을 것이고, 프로크리에이트라는 그림 앱을 사용할 마음도 안 가졌을 거다. 당시 취미 활동을 위해 아이패드를 살 수 있는 상황이 못 됐기 때문이다.

나는 내향형이다. 중학교 때부터 최근까지 MBTI 검사를 여섯 번 정도 한 것 같다. 그중 네 번은 E형, 외향형이 나왔다. 환경이나 직업이 성격에도 영향을 미친다는 것에 동의한다. 원래도 I와 E의 수치가 비슷했다는 걸 알고는 있었다. 남아공에 온 후 재검사를 했을 때 I형으로 바뀐 것을 확인했다. 꽤 놀랐다. 아무래도 한국에서처럼 내 마음대로 다니는 것도 불편하고, 만날 사람도 없어져 집에 있는 시간이 많았다. 자기 계발 시작 후 나에게 더 많이 집중하고 나를 들여다보는 시간이 늘어나다 보니 에너지가 내 안으로 향하지 않았나 생각도 든다. 혼자 있는 시간에 내 옆에는 늘 아이패드와 노트북이 있었다. 마치 외로운 나의 동반자 같았다고나 할까? 남는 시간에는 아이패드로 뭐 할 게 없나 이것저것 찾아보기도 했다.

덕분에 온갖 PDF 파일을 들고 다니면서 볼 수 있었고, 전자책을 볼 수 있었다. 스마트폰으로도 책을 볼 수 있지만, 아이패드를 가로 방향으로 두고 보면 종이책 읽는 것처럼 좀 더 편하게 읽을 수 있다. 처음에는 이북 보는 게 익숙하지 않아서 불편하다고 투덜거리기 일쑤였다. 익숙해지고 나니 매우 유용하다. 주변에서 아이패드를 쓰는 나를 보고 부러워했다. 갤럭시 탭이나 안드로이드 스마트폰, 일반 노트북에서는 사용할 수 없는 프로크리에이트 앱으로 그림을 그린 걸 SNS에 올렸다. 꽤 많은 사람이 자극받고 나를 따라 아이패드를 사고 싶어 했다. 덕분에 나는 기능을 공부하면서 다른 사람에게 알려주는 게 꽤 신이 났다. 그렇게 현지에서도 한인 초, 중, 고등학생 대상으로 드로잉 수업을 몇 차례 하기도 했다.

지금도 여전히 매일 끄적이는 메모와 크로키 그림 연습 용도로 사용한다. 영어 코치로 회원들에게 음성 파일을 녹음해줄 때도 매일 사용한다. 코칭 외에 가장 많이 사용하는 건 독서다. 수시로 밀리의 서재, 교보 e북, 리디북 앱을 열어 책을 읽는다. 시간의 흐름에 따라, 나의 관심사나 하는 일에 따라 용도는 조금씩 달라졌지만 다양하게 쓰고 있다.

2024년도에는 나의 시간 관리를 담당하는 중요한 도구도 될 것 같다. 노션과 굿 노트로 다이어리를 쓰고 시간 관리를 꼼꼼하게 해보려고 계획을 짜기 시작했다. 2024년 연말에는 어떤 기록이 남겨져 있을지 기대가 된다. 모두 인터넷 덕분에 이렇게 다양한 기계를 사용할 수 있게 되었다고 생각한다. 거부감 없이 기계와 친밀해졌다니, 21세기를 사는 게 맞기는 한가 보다.

자기 계발부터 타인과의 소통까지 담당해주는 요 녀석 덕분에 내 성장의 기록도 있을 수 있었다. 기계 욕심 없던 나를 욕심나게 만들어 최신 것으로 바꾸고 싶게 만든 건 이게 처음이었다. 지금은 우리 집에서 내가 최신 기기를 쓰는 유일한 사람이다. 지금까지 남긴 기록과 시간은 계속 누적되어간다. 내게 소중한 보물이 되었다. 이 기록이 이렇게 글이 되는 것처럼, 나만의 소유로 그치는 것이 아니라 누군가와 나눌 수 있다는 사실이 뿌듯하다.

09 꿈꾸던 삶을 살려면

- 홍혜숙

'꿈꾸던 삶이란?' 책 쓰고 강의하면서, 남은 인생을 그렇게 살고 싶었다. 그렇게 살려면 어떻게 해야 할까 고민하다가 나에게 없어서는 안 될 그 무엇을 생각해봤다. 바로 컴퓨터이다. 코로나로 인한 줌 강의 수업에서 자이언트 북 컨설팅을 만났다. 앞으로 나의 인생을 모두 쏟을 수 있는 라이팅 코치 1인 사업가까지, 컴퓨터가 없으면 상상도 못 할 일이 되었다. '꿈꾸던 삶을 살고 싶으시죠?' 나는 1인 사업가가 되고 싶다. 그러기 위해서는 배우고 익혀야 한다. 계속 배우기만 하는 것은 한계가 있다. 무조건 실행해야 꿈을 이룰 수가 있다. 꿈을 이루려고 진짜 꿈만 꾸고 있었다. 머릿속 원숭이가 말한다. '하지 마, 그것 아무나 하는 줄 알아? 누가 너한테 책을 맡겨.' 계속 부정적인 말만 듣고 새벽 4시 기상하고 나서 '그래! 누가 나한테 그런 책을 맡기냐? 그냥 이불 덮고 현실에 만족하고 살자!' 다시 이불을 끌어안고 포근하게 잠을 잔 적이 여러 번이었다.

온라인 줌으로 라이팅 코치 1기 신청하라고 했다. 고민을 하다가 2, 3기에도 신청을 하지 않았다. 그러다 컴퓨터를 이용하여 또다시 라이팅 코치 1인 사업가가 될 수 있다고 공지가 올라왔다. 고민하다가 절호의 기회 4기에 입과 신청을 했다. 죽기 아니면 살기로 입과하여 수업을 듣고 있었다. 수업을 듣고 후기도 남기고, 다짐하고 또 다짐하면서 글을 쓰기로 했다. 글만 쓰면 안 되고, 실행해야 했다. 2023년 12월 4일 첫 수업을 들었다. 다음 날 새벽 4시 알람이 울렸다. 글을 쓰기 시작했다. 거의 3년 동안 울리는 알람이었다. 하지만 매일 알람을 먼저 끄고 다시 자다가 일어나서 어영부영하는 날이 많았다. 그날은 정신을 똑바로 차리고 글을 쓰기 시작했다. 이렇게는 살 수 없다. 마음이 허했다. 전날 라이팅 코치 첫 수업을 듣고 8주 동안 수업을 받아야 한다. 무료 수강을 열어야 하고 책을 내고 싶은 분들에게 코치해주는 일이다. 마음 뿌듯한 일을 도전할 때는 기분이 좋아지기 시작했다. 사무실에서도 열심히 일하고, 알아주는 이 없어도 내가 알아주면 되었다.

매일 독서 10분 하기를 정해서 새벽 4시에 읽었다. 출근 전까지 30분씩 글쓰기에 도전하기로 했다. 읽기로 한 책은 장하늘의 『문장 표현의 거의 모든 것, 글쓰기 표현사전』이었다. 들어가는 말에 '피에리아의 샘물'이라는 단어가 마음에 들었다. 그 물을 마시면 영감과 학식이 깃들인다는 희랍 신화에서 따온 거라고 했다. 내 가슴에 희한한 생각의 무지개를 꽃피워야겠다고 느꼈다. 누군가가 책을 내고 싶다고 하면 라이팅 코치 인증을 받고 나서 도와주고 싶었다. '피에리아의 샘물'이 되어 도와드리고 싶었다. 365일 매일 글쓰기 도전! 1일 차 파이팅. 이렇게 글을 쓰기도 했다.

그러다 2023년 12월 22일 오후 7시에 내가 아는 지인들과 번개 모임을 했다. 그 자리에서 1인 사업 라이팅 코치를 하기 위해 첫발을 내딛고 있다고 말했다. 예전 같으면 부끄러워서 말도 못 했을 텐데 용기를 내었다. 그랬더니 아니나 다를까, 한 지인께서 공무원을 하다가 도의원이 꿈이라고 했다. 도민을 위해 선한 영향력으로 행정을 펼쳐 평생을 도민을 돕는 데 몸 바치고 싶다고 했다. 평소에 공무원을 하면서 아이디어가 특출하시고 많은 업적도 남기신 분이다. 그래서 책을 내고 싶다고 했다. 보통 책을 내면 4장까지 40꼭지 정도 쓰면 되는데 일평생 일한 경험이 많아서 6장 60꼭지까지 집필하고 싶다고 했다. 책을 낼 때 경제적으로 부담이 많이 가는 부분이 있기에 망설이고 계실지도 모르겠다. 옆에 있던 내 친구도 시를 적어보았다고 했다. 다른 분들도 '퇴직하고 나면 뭐 해야 하나?' 다들 고민을 하고 있었다. 앞으로 백 세 시대를 걱정하면서 얼마 남지 않은 퇴직 이후의 삶을 설계해봐야겠다고 했다.

사람들은 누구나 자아를 존중하는 삶을 살고 싶어 한다. 매슬로의 5단계 자아실현의 욕구를 최고의 욕구라고 느끼고 있기 때문이다. 이 욕구를 충족하려면 실천이 중요하다. 그 실천을 하려면 미리 한발씩 내디뎌야 한다. 그 꿈을 이루기 위해서는 지금부터 시작해야 한다. 나는 컴퓨터가 그 꿈을 이루어줄 수 있다고 생각하고 있다. 왜냐하면 컴퓨터는 온라인 줌으로 무료 강의, 책 쓰기 정규 수업, 독서 모임, 문장 수업, 글쓰기, 책 쓰기 등 모든 게 소통되기 때문이다. 라이팅 코치 작가 중에 해외에서 그 꿈을 이루는 작가들도 많다. 그 꿈들이 전 세계로 이어지니까.

사무실에서는 컴퓨터 하면 생각나는 에피소드가 있다. 286 컴퓨터가 처음 나왔을 때 신기하였다. 사무실에 없으면 안 되는 사물이 바로 컴퓨터다. 플로피디스크 5.25인치 검정 디스크는 집에 와서 작업을 할 수 있는 유일한 도구였다. 아이들을 키우면서 직장을 다녀야 했기에 집에도 컴퓨터를 설치해놨었다. 그때는 한자를 사용하여 회의 자료를 만들었다. 핸드백 잠금 장치가 자석으로 되어 있었다. 플로피디스크를 핸드백 속에 넣었는데 자석에 스치면서 그 자료가 날아가버렸다. '이제 어떻게 할 거야? 내일이면 회의인데!' 머릿속에서는 어디론가 도망치고 싶었다. 그러다가 '처음부터 다시 하자. 아자아자 파이팅!' 마음을 굳게 먹었다가 계속 반복적으로 머릿속에서 원숭이와 천사가 싸우고 있었다. 두 마리 토끼 잡으려고 열심히 살다가 날벼락을 맞고 그야말로 이제 내 인생 끝났다는 생각에 사로잡혀 굴을 파고 있었다. 눈물이 범벅이 되어 처음부터 다시 회의 자료를 만들기도 했다. 그때는 C 드라이브에 저장할 생각을 못 했다. 왜냐하면 컴맹에 가까웠기 때문이었다. 지금 생각하면 실수했던 일들이 웃음만 나온다. 그때는 죽을 것 같았는데, 살다가 힘든 일이 있으면 여유를 갖고 잠시 쉬어가야 한다는 교훈을 얻었다. 앞으로의 삶에도 여러 번의 힘든 시기가 다가올 테지만 그때도 최선을 다해 일하며 나아가야겠다. 누가 그랬던가, 시간이 약이라는 말, 명언 중의 명언이다.

2024년 1월 1일, 5주 차 수업을 들었다. 오후 9시부터 2시간 라이팅 코치 수업을 들었다. 컴퓨터와 함께 공저 6기, 책 쓰기라는 하나의 결실에 도전하는 나를 칭찬한다. 또한 컴퓨터가 없었다면 '라이팅 코치'라는 내 꿈은 아직도 꿈만 꾸고 있었겠지.

10 책을 통해 삶을 이야기하다

- 황현정

내가 가장 좋아하는 것은 무엇일까? 나에 관한 질문은 잘 안 해본 듯하다. 특히 결혼하고 아이들을 키우며 내가 좋아하는 것들에 관한 관심보다는 가족들이 좋아하는 것에 더 관심을 가지게 되었다. 그러다 주위를 둘러보니 여기저기 책이 눈에 띈다. 내 책들뿐만 아니라 아이들 책도 차고 넘친다. 현재 읽고 있는 책들도 여러 가지이고, 도서관에서 빌려온 책들까지 있다. 이렇게 책을 좋아한다는 사실을 새삼 깨닫게 된다.

책을 처음 만난 건 8살 때쯤으로 기억한다. 엄마와 함께 동네 서점에 가서 책 10권을 사 왔다. 처음 갖게 된 나의 책을 읽고 또 읽었다. 대부분 위인전으로 사 왔는데, 가장 마음에 남는 것은 세종대왕에 관한 이야기였다. 책을 읽고 또 읽어 백 번 정도 읽는 세종대왕의 일화를 보며, 나도 있는 책을 읽고 또 읽었다. 한편 그 이후엔 더 많은 책을 접한 기억도 없고, 학창 시절 다양한 책을 읽지도 않았다. 대학 입학 전까지는 학교 공부만으로도 벅찼고, 책에 대한 큰 필요성을 느끼지도 못했다. 대학에 입학하고 조금씩 다시 책을 읽기 시작했다. 도서관에서 책을 빌려 오며 나름의 문학소녀가 되고 싶었지만, 열과 성을 다하지는 않았다.

책을 많이 읽지는 않았지만, 서점과 도서관을 좋아했고 책을 좋아했다. 책을 통해 사람을 만나는 것도 좋아했기에 일을 시작하면서 독서 모임에도 참석했다. 독서 모임에 참가하는 사람들은 사회복지를 전공한 사람들이 아님에도, 함께 살아가는 세상에 대해 많이 대화했다. 그래서 독서 모임에 더 열심히 참석했다. 가까운 지역에서도 진행 방식이 서로 다른 독서 모임에 참석했고, 다른 사람의 추천을 받아 주말엔 1시간 정도의 거리에 있는 독서 모임에도 참석했다. 만나는 사람들을 통해 책을 더 좋아하게 되었고, 책을 읽어야겠다는 필요성도 조금씩 느끼기 시작했다.

지역 독서 모임에서는 총무를 맡았다. 직장인들이 대부분인 독서 모임이었고, 퇴근 시간 이후 저녁 시간에 모임을 했다. 젊은 연령대의 회원들이 다수를 이루었다. 회장도 진취적이었고, 운영진들도 단합이 잘 되었다. 자주 만나며 함께 즐겁게 지냈다. 독서 모임뿐만 아니라 미라클 모닝, 바자회, 캠핑, 마라톤 등 다양한 행사를 시도했다. 독서 모임 지원금을 받아 초청 강연도 열고, 주말이나 공휴일에 독서 번개 모임을 하기도 했다. 책을 통해 만나게 된 독서 모임의 활동은 좋은 추억으로 남아 있다.

결혼 이후 육아로 힘들고 어려워할 때도 책은 나에게 위안이 되어주었다. 육아에 대한 궁금증이나 마음의 답답함을 책으로 해결했다. 초보 엄마를 위해 친절하게 알려주는 육아 서적들이 많았다. 엄마들이 육아하며 남긴 기록들은 육아로 인한 스트레스를 줄여주기도 했다.

그러다가 육아 카페를 통해 독서 모임에 참석하게 되었다. 어린아이를 데리고 독서 모임에 참여하기가 쉽지 않은데, 독서 모임의 모집 조건이 마음에 들었다. 아이 한 명을 데리고 오는 것이었다. 모임 주최자도 아이가 어려 이런 아이디어를 생각해낸 것이다. 첫째가 돌이 되기 전에 함께했다. 모임 첫째 날, 각자 아이를 데리고 키즈 카페에서 만났다. 만나고 보니 아이들이 모두 첫째와 같은 나이였다. 비슷한 육아 과정 속에 하고 싶은 이야기도 많았다. 오랫동안 알고 지냈던 사이처럼 웃고 대화하느라 시간 가는 줄 몰랐다. 첫 모임에서 앞으로의 진행 방법 등에 대해 상의했다. 아이들이 함께 참여하기에, 편안하게 있을 수 있도록 돌아가면서 각자의 집에서 모임을 진행하기로 했다. 이후에 모임 이름도 정했다. '아나책'이다. 아기와 나, 그리고 책의 줄임말이다. 모임을 할 때 필요한 준비물이기도 하다. 그렇게 돌아가면서 각자의 집에서 독서 모임을 했다. 집을 오가니 더욱 빨리 친근하게 지낼 수 있었다. 그렇게 2~3년이 흐르고 코로나 시기를 맞았다. 모두 아이들이 있으니 직접 만나는 것의 한계로 각자의 발표 내용을 동영상에 담아 카톡 단체 대화방에서 공유하며 그 끈을 이어가기도 했다. 현재는 모임을 진행하지는 않지만, 서로 연락은 이어가고 있다. 7명으로 시작해서, 한두 명의 회원이 드나들어 최종 8명의 회원이 남아 있다.

'아나책' 모임을 하며, 나를 포함한 세 명의 회원은 아이들을 위한 모임도 별도로 가졌다. '나부터 행복하자'라는 의미로, '나복어린이집'이라고 우리끼리 이름 붙여서 말이다. 일주일에 하루나 이틀 정도 오전에 만났다. 산이나 체육공원 등의 장소에서 만나 놀게 하고, 각자 싸 온 도시락을 먹으며 시간을 보냈다. 아이들이 어린이집을 다니지 않고 있었기에, 어린이집처럼 아이들을 함께 돌보자는 의미이기도 했다. 책과 육아라는 공통점으로 이런 시간도 만들 수 있었다. '아나책'을 하면서 즐거웠던 추억이 많은데, 그중 기억에 남는 것 하나가 또 있다. '아나책' 독서 모임이 지역 신문에 소개된 것이다. 모임장의 지인이 지역 신문 기자로 있어 이런 기회도 가질 수 있었다. 아기와 함께하는 독서 모임이 그들이 보기에도 특이했나 보다. 엄마들의 이전 직업들도 다양했고, 나이도 달랐다. 인터뷰를 위해 함께 준비하고, 그날 또한 하하호호 웃으며 새로운 시간을 보냈다. 이를 계기로 독서 모임에 대한 서로의 생각도 더 알게 되었다.

어떤 일을 시작할 때는 책을 먼저 찾아보게 된다. 사람마다 먼저 도전하는 경우도 있고, 책이나 강의를 찾아보고 시도하는 사람도 있다. 난 후자에 포함된다. 사람에게 일일이 물어보기도 어려워 책을 선호하기도 했다. 육아할 때는 어떤 분야의 책을 읽어도 모든 것을 육아와 연결했다. 책과 현재 상황의 고민 분야와 연결하다 보면 다양한 해결책이 떠오르기도 했다. 그런데도 책을 읽어 성과를 내야겠다는 마음보다는 그저 책을 읽고 함께하는 사람들이 좋았다. 그것뿐이었던 것 같다. 사람들과 함께 세상을 변화시키고 싶다는 큰 꿈도 가지고 있었지만, 구체적인 실행이 없었다.

그럼에도 불구하고 책을 읽고 자기 계발을 해오면서 삶에 대한 불평, 불만도 개선해나갈 수 있었다. 책 속에서 감사의 힘을 알게 되었고, 삶을 좀 더 행복하게 살아갈 방법을 찾을 수 있었다. 그저 좋은 사람으로만 살아왔던 삶에서, 자본주의에 살고 있는 현실을 인지하고 돈과 부에 관한 공부도 이어가고 있다. 책을 통해 인생의 스승님들을 만났고, 함께 꿈을 키우고 격려할 수 있는 사람들을 만났다. 책을 통해 내가 긍정적으로 변하니, 신랑도 변하고 아이들도 변해가는 것을 느낀다.

이제는 책만 읽는 바보가 아니라 책을 읽는 지혜로운 사람이 되고 싶다. 나 혼자만의 삶이 아니다. 함께 가정을 이끌어가는 신랑이 있고, 나를 바라보는 세 아이가 있다. 내가 중심을 잡고 잘 살아갈 수 있을 때 아이들, 신랑과 함께 가정을 잘 지켜나갈 수 있다. 올해는 책을 통해 성과를 만들어내려고 한다. 그저 책 읽기가 좋아서 책과 함께하는 것이 아니라, 책을 통해 삶을 개선하고 삶을 향상시킬 수 있음을 증명해 보이고 싶다. 그래서 이렇게 공저도 쓰고 있다.

제4장

그 사람이 그리워진다

01 김치볶음밥은 그리움이다

- 김효진

"언니, 그 소식 들었어? 맛나리 분식점 문 닫는다는데?"

맛나리 분식. 2016년 경주로 이사 온 뒤 김치볶음밥을 먹으러 가던 식당이다. 그때 당시 김치볶음밥이 오천 원에 분홍 소시지, 어묵볶음, 감자채볶음 등 반찬이 열 가지가 넘는다. 동그란 은쟁반에 올려도 다 놓을 수 없어 겹쳐서 가져오는 식당. 거기다가 김치볶음밥 3개 주문하면 김치찌개는 덤이다. 반찬 먹으랴, 김치찌개 먹으랴, 김치볶음밥까지 먹고 나면 배가 터질 것 같다. 그런데 문을 닫는다니, 청천벽력 같은 소리다. 코로나도 이겨내고 살아남았는데 왜? 가격을 더 올려도 먹을 테니 운영만 해달라고 할머니 바짓가랑이라도 붙잡고 싶다. 그 집 김치볶음밥은 특별했다. 단순한 한 끼가 아니라 내 어린 시절을 떠올리게 만드는 음식이었다. 그 안에는 어린 시절의 나와 동생들이 있었다.

초등학교 6학년 때였다. 이번에도 엄마는 나에게 동생들을 맡기고 아빠와 둘이 큰집에 갔다.

"효진아, 아빠랑 금방 다녀올게. 동생들 잘 보고 있어! 시간 나면 가게 문도 열고, 밥도 먹어!"

나는 두 살 어린 여동생과 네 살 어린 남동생이 있다. '그것들'은 정말 이지 징하게도 말을 듣지 않았다. 남동생은 가끔 엄마를 찾으며 울기도 했다. 엄마는 나더러 어떻게 동생들을 감당하라고 맡기고 갔는지 믿기지 않는다.

"야! 김수진, 숙제했어?"

"아니?"

"빨리 해! 너는 왜 자꾸 귀찮게 하는 거야! 나한테 오지 마!"

엄마가 가자마자 나는 꼰대로 변한다. 자리가 사람을 만든다더니, 그 말이 딱 맞다. 남동생에게는 달력 뒷장을 뜯어 크레파스와 함께 줬다. 수진이는 숙제한다. 그렇게 각고의 노력(?)으로 시간은 조용히 흘러갔다. 나에게 시련이 닥쳐왔다. 두 동생이 배고프다고 징징대기 시작했다. 저녁 시간이 넘었지만, 아직 엄마 아빠는 집에 오지 않았다. 한참 재미있게 책을 읽던 중이라 귀찮다는 생각이 들었다. 왜 내가 동생들 밥까지 차려줘야 하는지 불만이었지만, 사실 나도 조금 배가 고팠다.

가게 주방으로 들어가니 엄마가 해놓은 밥이 있었다. 찬장도 열어보고 여기저기 두리번거린다. 눈에 띄는 게 없어 가게로 나간다. 과자, 라면, 빵, 술, 두부, 음료가 든 냉장고 등등 여러 가지가 보인다. 라면 옆에 있던 참치 통조림 하나 들고 온다. 프라이팬을 꺼낸다. 주걱으로 밥을 한가득 프라이팬에 채우고 가스 불을 켠다. 냉장고에서 잘 익은 배추김치를 꺼내 어설프지만 정성 들여 잘게 썬다. 금세 김치를 잡은 손톱이 김칫국물로 빨갛게 물이 든다. 새콤한 냄새가 코를 찌르니 입에 한가득 침이 고인다. 도마 위에서 빨간 국물 줄줄 흐르는 김치를 손으로 모아 프라이팬에 넣는다. 김칫국물이 밥 사이로 스며들어 달궈진 프라이팬에 닿자 '치익' 소리가 들린다. 기가 막히게 냄새를 맡고 온 두 동생이 가스 불 근처를 기웃거린다. "아직 멀었어!" 앙칼진 목소리로 동생들을 저지하고 가져온 참치 통조림 뚜껑을 연다. 참치 국물을 싱크대에 대충 버리고 프라이팬에 넣는다. 고추장 한 스푼, 두꺼비 소주병에 담긴 들기름 한 바퀴 휘 돌리고서는 밥을 비빈다. 고소한 냄새가 침샘을 자극한다. 자그마한 손으로 열심히 섞었지만, 프라이팬 가득 쌓인 재료는 쉬이 섞이지 않았다. 팔이 아파 잠시 멈추고 상을 찾는다. 가게 쪽방에 들어가 곳곳에 시커먼 냄비 자국 가득한 상 접힌 다리를 편다. 전화번호부 책을 가운데 올려둔다. 가스 불을 끄고 두 손으로 프라이팬을 잡아 옮긴다. 무겁다. "야, 비켜봐. 뜨거워." 앞을 가로막는 동생들을 물리치고 낑낑대며 상 위로 김치볶음밥을 올린다. 반찬도 없고 젓가락도 없다. 수저 세 개 달랑 들고 온다. 동생들에게 하나씩 나눠주고 말한다. "비벼!" 동생들은 대꾸도 없다. 커다란 쇠 수저를 들고 이리저리 긁어대며 잘도 섞는다.

"누나, 매워." 배고픈 걸 참지 못하고 막냇동생은 벌써 한입 먹었나 보다.

"바보야. 고추장 있는 데를 그냥 먹으면 어떻게 해! 그러니까 맵지. 어이구."

말과 행동이 다르다. 매워서 '쓰읍 쓰읍' 하는 동생에게 물을 준다. 매운 걸 좋아하던 내가 고추장을 너무 많이 넣었나 하는 생각으로 밥을 한 수저 더 가져와 넣는다. 빨간 수저를 동생과 바꿔 들고 열심히 비벼본다. 다 비벼진 밥을 보며 먹으라고 말하지만, 동생들은 이미 한 수저 가득 입에 넣은 채 오물거리고 있다. 맵다면서 잘도 먹는다. 잘 먹는 걸 보니 기분이 좋아진다. 귀찮았던 생각 저 멀리 사라졌다. '내가 왜 해야 하지' 하는 마음도 어디로 갔는지 찾을 수가 없었다. 그냥 나도 모르게 차오른 뿌듯함이 느껴졌다.

우리는 자주 김치볶음밥을 먹었다. 어느 날은 달걀을 넣고, 어느 날은 참치를 넣었다. 부모님의 빈자리로 생긴 허기를 동생들과 함께 김치볶음밥으로 채웠다. 그래서인지 유독 김치볶음밥만 먹으면 동생들이 생각난다. 많은 일을 함께 겪었다. 부모님이 싸울 때면 남동생은 울고, 나는 혼날까 봐 조용히 하라며 이불을 함께 뒤집어썼다. 술에 취한 아빠에게 얼차려를 받다가 함께 졸았다. 같이 초등학교에 가고, 나란히 이불 덮고 잠이 들었다. 처음으로 함께 바닷가에 가서 똑같은 양말, 똑같은 디자인의 티셔츠와 반바지를 입고 찍은 사진은 지금도 볼 때마다 웃음이 난다. 김밥을 싸서 대전 엑스포에 갔던 소풍, 오식도에서 낚시하며 끓여 먹었던 라면, 가게에서 엄마 몰래 과자 먹다가 혼났던 일, 나를 태우러 터미널까지 아빠 트럭 운전해서 왔다가 택시를 들이받았던 일까지 찬찬히 생각해보니 새록새록 떠오른다. 삶의 여러 장면을 공유하고 있는 우리. 세상에서 가장 순수할 때 만났고, 서로의 존재만으로도 위로와 안정을 느꼈다는 걸 이제야 안다. 매일 싸우고 지지고 볶아도 떼려야 뗄 수 없는 우리는 함께였다. 힘든 시련 온다 해도 김치볶음밥 먹으며 허기를 채웠던 날처럼 서로에게 버틸 힘이 되어줄 거라 믿는다.

반찬도 하기 싫고 귀찮을 땐 김치볶음밥이다. 아이들 맛있게 먹으라고 콩나물도 넣고, 소시지도 넣고, 달걀도 넣는다. 그래도 그때 그 시절 김치볶음밥이 더 맛있었던 것 같다. 입맛이 변한 건지, 김치볶음밥이 변한 건지 잘 모르겠다. 가끔 추억이 떠올라 참치와 신 김치, 고추장만 넣고 김치볶음밥을 해본 적도 있지만 맛이 달랐다. 그 시절로 돌아갈 수 없다는 듯, 다시 그 맛을 내기는 어려웠다. 그립다.

02 란현 어리니신

- 백란현

실종되었다. 2008년 12월, 빨간색 자전거를 타고 할머니 산소에 가보고 오겠다는 할아버지는 돌아오지 못했다. 아빠와 엄마는 물론이고 큰아버지, 작은아버지, 동네 사람들 모두 할아버지를 찾아 나섰다. 바람이 찼다. '골든타임'이 우리 집에도 적용되었다.

찾지 못했다. 애가 탔다. 본업에 집중하지 못했다. 추운 날은 이어졌다. 수색견도 풀었고 경찰도 온 산을 뒤졌다. 내가 할 수 있는 일은 없었다. 1시간 30분 떨어진 김해에서 사는 나는 출퇴근을 반복하고 세 살 희수도 돌봤다.

고통에 고통이 더해졌다. 집안에서는 엄마와 아빠에게 화살이 돌아갔다. 어떻게 모셨길래 이런 일이 생기냐는 내용이었다.

2009년 4월, 할아버지를 찾았다. 할머니 산소와 가까운 곳이었는지는 모르겠지만 봄나물을 캐러 온 사람에 의해 발견되었다고 했다. 평소 가는 길이 아니었는데 그날따라 발길이 갔다고 한다. 할아버지는 누워 계셨다고 했다.

장례가 치러졌다. 할아버지를 잃은 슬픔보다 할아버지를 찾았음에 안도하는 마음이 많이 느껴졌다. 실종된 날은 할아버지 기일이 되었다. 눈물 한 방울 나지 않았다. 나는 감정 표현에 서툰 사람이었다. 작은엄마는 나에게 눈물도 안 흘리냐고 말했다. 손자 손녀 중에 내가 가장 사랑 많이 받은 걸 아시기 때문이다.

일제 시대에 태어나신 할아버지. 경찰로 공직 생활을 하셨던 할아버지. 4·19 혁명 때 책임지고 물러났다는 이야기를 할아버지 통해 들었다. 청렴하셨다. 경찰서장 내려놓고 시골로 들어왔을 때 재산 한 푼 없었다고 한다.

친정 창고에서 학창 시절 앨범을 찾다가 신발을 발견했다. '란현 어리니신'이라고 메모도 되어 있었다. 신발 사이즈로 봐서는 서너 살 때 신었던 것 같다. 노란색에 알 수 없는 캐릭터 그림이 그려져 있다. 신발 테두리는 낡아서 찢어진 부분도 있었다. 내 이름뿐만 아니라 남동생 이름도 적혀 있는 걸로 봐서는 나도 신고 남동생도 신발을 물려 신었나 보다. 동생이 현충사에서 하늘색 옷 입고 아장아장 걸었던 사진에서 노란색 신발을 본 것 같다.

시절 지난 신발을 고이 보관해둔 모습에 할아버지의 꼼꼼함이 느껴졌다. 앨범 찾으려고 했던 마음도 잊은 채 신발을 통해 할아버지를 떠올렸다. 버려도 문제 될 것 없을 정도의 낡은 신발을, 할아버지는 손자 손녀에 대한 사랑으로 가지고 계셨다. 카카오스토리에 '란현 어리니신' 글자와 노란 신발 사진을 올렸다. 아홉 살 많은 사촌 오빠가 할아버지 생각난다며 댓글을 달았다.

9년, 10년 차이 나는 사촌 오빠가 여럿이다. 오빠들 사이에 내가 있다. 할아버지는 나를 예뻐하셨다. 엄마와 아빠가 할아버지 할머니 모시고 산 부분도 영향이 있었을 터다. 할아버지 옆에서 컸다. 일곱 살 때 5시에 일어나셔서 뉴스를 보던 할아버지를 떠올린다. 커피, 프림, 설탕을 1대 2대 3으로 타서 커피 한 잔 먼저 드셨다. 나는 한 모금만 남겨달라고 했다. 유치원 시절부터 나도 모닝커피를 맛보았다. 할아버지 논, 밭, 집에 대해 큰아버지와 작은아버지 사이에서 언성 높아지는 소리도 들어가며 학창 시절을 보냈다. 어른들 사이의 일은 상세히 알 수 없으나 할아버지의 한숨 소리는 지금도 기억난다. 나는 그저 할아버지 옆에서 재잘거리는 어린 손녀였다.

중, 고등학생이 되었다. 엄마와 아빠는 분가해서 우체국 옆에 살았다. 나는 할아버지 집에서 방 하나를 차지하고 공부했다. 중간, 기말시험 기간이면 온 식구가 둘러앉아 밥 먹던 큰 상을 방 가운데 펴놓고 이 책 저 책 펼쳐서 공부했다. 이러한 내 모습을 보면서 할아버지는 정리 좀 하라고 하셨다.

하루에 버스 두 대 다니는 농촌에 있었기에 아침에 버스 놓치면 학교에 갈 수 없다. 7시 30분, 동네 입구에 버스가 도착한다. 만원 버스다. 같은 교복 입은 학생들이 손잡이를 잡은 채 30분 넘게 서서 갔다. 아침 7시 20분에 집을 나섰다. 버스 놓치지 않으려고 뛰어다녔다. 내가 집 나서는 시간까지 할아버지는 "버스 놓친다"라는 말 여러 번 하셨다. 잔소리 듣기 싫어서 내가 알아서 한다고 소리쳤다.

'죽봉(竹峰)' 호를 쓰신 할아버지. 대나무처럼 곧은 분이셨다. 할아버지 밑에서 정직, 성실, 근면을 배웠다. 무엇이든 열심히 해보려는 자세는 할아버지 덕분에 길러진 것 같다. 희수 사진첩에 할아버지가 있다. 100일 된 희수에게 용돈 1만 원 쥐여주던 모습으로 정정하게 살아 계신다.

낡은 신발로 인해 할아버지를 생각한다. 유교 예절을 강조한 할아버지였지만 교회에서 여름 성경학교를 한다고 하면 잘 다녀오라고 보내주던 분이셨다. 내가 하고 싶은 일에 대해서는 가훈 세 단어만 있으면 무엇이든지 할 수 있다고 일러주신 분, 학창 시절 정신적 지주였다.

친정집에는 공직자 시절 할아버지 사진도 걸려 있고 할아버지 호 죽봉을 한문으로 쓴 액자도 있다. 캐비닛 두 개도 할아버지 것, 친정집 자체가 할아버지 손으로 지은 한옥이다.

친정에 들러도 덤덤하게 있다가 오는 편이다. 유독 '어리니신'이라고 적힌 메모와 노란색 신발은 할아버지를 오래도록 떠오르게 만든다. 찍어둔 사진을 블로그에 포스팅했다. 할아버지가 보고 싶을 때 '할아버지' 검색어를 넣어 신발 사진을 본다.

물건에 사람이 보인다. '란현 어리니신'을 통해 할아버지를 기억한다. 이 신발처럼 나를 떠올리게 만들어주는 물건은 무엇일까 생각해본다. 추억하게 만들기 위해서는 지금, 내가 어떻게 살고 있는가가 중요하다.

나를 떠올리게 만드는 물건이 내가 쓴 책이었으면 좋겠다. 그리고 내가 집에서 사용한 물건마다 내 딸이 엄마를 추억할 수 있겠구나 생각해본다.

나는 지금, 겨울방학을 맞이하여 대구교대에 있다. 세 자매는 내가 사용하던 안방에서 엄마를 간간이 생각하겠지. 두고 온 모니터, 이곳저

곳 널린 동화책, 화장대에 놓인 거울과 빗까지. 나와 세 자매를 이어준다. 비싸고 유명한 물건보다 엄마의 삶을 대변할 수 있는, 가치 있는 물건으로 삶을 이어가고자 한다. 할아버지 덕분에 내 삶을 돌아본다.

03 조건 없는 베품

- 서한나

약과를 좋아한다. 약과를 볼 때마다 할머니가 생각난다. 할머니는 약과를 잘 만드셨다. 명절 때마다 할머니가 만들어둔 약과를 먹는 기쁨이 있었다. 할머니 댁은 전라남도 나주. 명절에는 차가 더 많이 막혀, 열 시간은 넘게 가야 할 때가 많았다. 힘들었다. 좁은 차 안에서 꼼짝없이 앉아 있는 게 쉽지는 않았다. 그래도 할머니 약과를 생각하면 괜스레 웃음이 났다. 빨리 가서 할머니 약과를 구경하고 맛보고 싶었다.

할머니는 우리가 도착하면 부엌에 있는 광에서 약과 바구니를 꺼내오셨다. 약과 바구니는 높이가 20㎝ 정도 되는 사각형 대나무 바구니다. 할머니는 바구니를 분홍색 보자기에 싸두셨다. 보자기를 풀어 약과 바구니 뚜껑을 연다. 약과가 바구니 가득 들어 있다. 모양도 다르다. 마름모, 사각형, 직사각형, 꽈배기 모양까지. 약과에서 윤기가 흐른다. 약과 하나 집어 입으로 넣는다. 달콤하다. 쫀득하게 씹힌다. 맛있다. 약과를 먹으면 기분이 좋다. 할머니는 접시에 약과를 옮겨 담아 먹을 만큼 덜어주셨다. 할머니 방 아랫목에 앉아 약과를 먹었다.

엄마는 할머니가 만든 약과를 보며 "누가 먹는다고 이걸 이렇게 해.

몸도 성치 않으면서!"라고 말씀하시곤 하셨다. 할머니는 양쪽 무릎 인공관절 수술을 하셔서 걷는 것도 편치 않으셨다. 어릴 때라 할머니가 아프다거나 고생한다거나 하는 건 잘 몰랐다. 그저 약과가 맛있었다. 과자를 집어 먹으며 뒹굴뒹굴하는 게 행복이었다.

할머니는 늘 "아이구, 내 강아지!"라고 말했다. 만나면 두 팔을 벌려 안아주는 할머니. "내 새끼, 내 강아지"라고 할머니가 말할 때 가슴이 찌릿했다. 할머니에게 안겨 있을 때 사랑받고 있다고 느꼈다. 그래서 할머니를 만날 수 있는 명절이, 할머니가 만들어주는 약과가 좋았던 것 같다. 이제 생각해 보니 할머니 혼자 약과에 명절 음식까지 준비하는 게 고된 일이었을 것 같다. 할아버지가 돌아가시고 홀로 있다가 명절에나 오는 자식, 손주가 얼마나 보고팠을까. 그러니 아픈 것도 마다하고 음식과 약과를 준비하셨겠다는 생각에 할머니 사랑을 짐작하기 어렵다. 더 이상 할머니 약과를 먹을 일이 없다. 돌아가셨기 때문이다. 약과를 볼 때마다 두 팔 벌려 나를 맞아주던 할머니의 모습이 그리워진다.

할머니가 돌아가신 지 얼마 안 됐을 때였다. 이모가 암에 걸려 얼마 못 산다는 소식을 들었다. 장난인 줄 알았다. 이모는 폐암 말기였다. 담배도 태우지 않는 이모가 폐암이라는 게 의아했다. 나중에 알고 보니 직업병이었다. 양장사였던 이모. 종일 옷감에서 나오는 먼지와 함께 생활한 게 원인이었다.

유치원생 때 이모 의상실에 놀러 갔던 기억이 있다. 의상실 옆에 조그맣게 방이 딸려 있었다. 작은방에 엎드려 스케치북에 그림을 그리고 놀았다. 이모는 가게에 오는 손님들 신체 치수를 재서 기록했다. 손님을 응대하는 모습을 보고, 나도 사이즈를 재달라고 졸라 이모가 줄자로 치수를 재준 기억이 있다. 가게를 갈 때마다 재봉틀을 돌려 옷을 만들고 있는 이모를 봤다. 기계가 드르륵 소리를 내며 움직일 때마다 옷이 꿰매져서 나오는 게 신기했다.

같이 동대문 시장에 가서 천을 골라오기도 했다. 시장을 구경하는 것은 재미있었다. 옷감들이 돌돌 말려 뭉텅이로 쌓여 있는 시장. 옷과 어울리는 옷감을 찾는 것은 보물찾기 같았다. 너무 많은 옷감이 쌓여 있어 나는 다 그게 그거 같았다. 이모는 여기저기 둘러보며 필요한 옷감을 잘 찾았다. 자주 가는 옷감 가게도 있었다. 주인아저씨는 옷감을 여러 개 고르면 내 옷도 만들어주라며 서비스로 옷감을 더 챙겨주시기도 했다.

양장사인 이모 덕에 맞춤옷을 많이 입고 자랐다. 계절이 바뀔 때마다 옷을 몇 벌씩 만들어줬다. 나는 잡지를 보면서 옷만 고르면 됐다. 이모는 솜씨가 좋았다. 금세 옷이 완성됐다. 재단해서 가봉하기 전에 옷을 입어본다. 이때가 가장 설레는 순간이다. 옷이 어떻게 나올지 가늠할 수 있기 때문이다. 거울을 보면서 옷을 입어보는 게 좋았다. 매장에서 사 입는 옷과는 확실히 달랐다. 이모가 만들어준 옷을 입고 외출하면 사람들이 옷을 어디서 샀는지 궁금해했다. 이모가 만들어준 옷이라고 말해주면, 어쩐지 옷태가 다르다는 이야기를 많이 들었다.

옷을 만들어주는 사람이 없으니 맞춤 의복을 입을 일이 없다. 이모가 있을 때는 수선집도 이용해본 적 없다. 이모가 다 고쳐주기 때문이었다. 가끔 수선집을 이용하자면 생각보다 비싼 금액에 놀랄 때도 있다. 여기다가 돈을 지불하는 것이 아깝다는 생각도 들었다. 물론 이모가 해주신다 해도 돈을 안 드렸던 건 아니지만 말이다.

이모에게 미싱을 배우고 싶다고 말한 적 있다. 이모는 알려주지 않았다. 너무 힘든 일이라고 했다. 그때 고집을 부려서라도 배워둘 걸 그랬나 하는 생각이 든다. 이모가 돌아가시고 가게를 정리하면서 재봉틀을 사용할 줄 알았으면 내가 가져왔을 텐데 하는 아쉬움이 있다. 아직도 미싱에 대한 로망이 있다. 이모를 추억하는 방법 중 하나이기도 하다.

초등학교 6학년 때 집 형편이 어려워졌다. IMF다. 뭔지 몰랐다. 아빠가 운영하는 가게가 부도라고 했다. 집도 이사했다. 가정주부였던 엄마도 생선 장사, 카드 영업을 나갔다. 여덟 살 차이 나는 남동생이 있다. 집 근처 어린이집 종일반에 다녔다. 엄마가 일을 가니 동생을 데리러 갈 사람이 없었다. 학교를 마치는 네 시, 집에 가기 바빴다. 친구들이 놀자고 해도 거절할 수밖에 없었다. 어린이집에 도착하면 다섯 시다. 동생을 데리고 집으로 와 같이 저녁을 챙겨 먹고 엄마 아빠를 기다렸다.

어느 날 큰아빠 전화를 받았다. 우체국 통장을 하나 만들라는 이야기를 하셨다. 통장을 만들고 계좌번호를 알려드렸다. 매달 용돈을 보내주셨다. 부모님이 주시기 어려운 상황, 큰아빠가 용돈을 보내주시는 날을 기다렸다. 큰아빠는 용돈을 늦게 보내준 적이 한 번도 없었다. 용돈이 들어올 날짜가 되면 우체국으로 갔다. ATM에서 돈을 뽑았다. 간식도 사 먹고 차비로 썼다. 고마웠다. 나중에 커서 꼭 갚아야겠다고 생각했다. 하지만 내가 취업하기 전 큰아빠는 돌아가셨다. 첫 월급을 타고 큰엄마에게 용돈을 드렸다. 큰아빠 덕에 감사했다고 말씀도 드렸다.

큰엄마는 기쁘게 받아주셨다. 우체국만 보면 큰아빠 생각이 난다. 우체국은 기다리는 사람에게 오는 편지만큼이나 좋은 소식이었다.

할머니, 이모, 큰아빠를 떠올려보니 조건 없이 나에게 베풀어주셨다는 것을 깨닫는다. 상대방이 준 만큼만 나도 주려고 할 때가 있다. 조금도 손해 보기 싫은 마음이다. 바라는 것 없이 그냥 나눠줄 수 있는 게 얼마나 큰일인지 생각해본다. 계산적인 마음이 들 때마다 내가 받은 것들을 생각해본다. 다시 나누고 싶은 마음이 커진다. 받은 대로 나누는 삶을 살고 싶다. 내 베풂이 누군가에게 좋은 기억이 되길 바란다. 내가 할머니, 이모, 큰아빠를 떠올리는 것처럼.

04 노트북의 쓸모

- 이선희

태어나서 처음으로 주식을 해봤다. 대한항공 주식이다. 얼마를 샀는지 기억나지 않는다. 다만 수익이 200만 원 생겼다. 이것을 어떻게 하지 고민하다가 노트북을 구매하기로 했다. 그동안 건강 문제로 강의는 전면 중단했다. 평상시 놀아보지 못한 나는 멈추는 시간에 골프 치고 여유로운 삶을 살고 있었다. 그때 골프 연습장에서 만난 사람이 J이다. 골프 연습하고 스크린하고 밥 먹고 즐거운 시간 함께 보낸 사람이다.

"언니, 나 대한항공 주식 샀어요"라고 한다. 그것도 2천만 원 정도 샀다고 한다. 나는 놀랐다. 경영학을 5년 이상 공부했어도 실제 투자라든가 경영 수익에 대한 실천은 전혀 하지 않았던 사람이다. 오직 배우고 가르치는 일만 했다. 공부하며 강의를 오랫동안 하다가 면역력이 떨어져서 모든 일 그만두고 쉴 때였다. 약간의 관심이 생겼다.

"증권 개설 어떻게 하는 것인지 가르쳐줘."

이렇게 시작한 것이 삼성증권 주식에 발을 담그게 된 것이다. J의 도움으로 삼성증권 계좌를 개설하고 바로 대한항공 주식을 매입했다. 주식의 '주' 자도 모르고 시작한 것이다. 얼마인지는 기억나지 않는다. 다만 매수하고 나니 이익이 200만 원 정도였다. 다른 사람들이 이렇게 말한다. 주식은 남았어도 남은 것이 아니다. 다시 매입하기 때문이다. 이런 말을 듣고 한 일이 주식에서 얻은 최초 수익으로 노트북을 사는 것이었다. 청주 비하동 삼성전자 대리점으로 출발했다. 노트북은 성능이 좋은 물건으로 고른다. 최신형 중 작지 않고 가볍고 터치형인 것으로 골랐다. 금액은 거의 200만 원에 맞추었다. 노트북을 가지고 집으로 오는데 설렌다. 이 노트북으로 어떤 새롭고 두근거리는 인생을 만들어 갈 것인지, 어떤 공부 운으로 인연이 맺어질 것인지, 굉장한 삶이 기다리고 있는 것 같다. 궁금했다. 미지의 세계가.

예전에 자동차회사 1차 밴드에서 신광전자의 제품 불량률이 가장 낮고 우수하다고 상금으로 노트북을 선물했다. 남편이 그것을 나에게 주었다. 너무 기뻐서 남편에게 매달리고 고맙다고 아양도 떨었다. 그 후 처음으로 내 돈으로 산 첫 노트북이다. 노트북 사면서 그냥 이런 생각이 들었다. 분명히 노트북으로 새로운 세계에 진입할 것이다. 지금은 이렇게 놀고 있지만, 생각지 못한 놀라운 일이 분명히 일어날 것이라는 기대였다. 나이가 주는 직관이 있다. 그냥 좋은 일 생길 것이라는 예감을 놓치지 않았다.

바로 실행되었다. 후배의 소개로 '고마워 디자이너'의 최덕분 대표를 만나게 되었다. 한 시간 코칭을 받고 바로 오픈채팅방에 들어가게 되었다. 온라인의 입성이다. 그 후 노트북의 쓸모는 늘어났다. 우선 온라인에서 강의 잘하는 사람 소문 들었다. '자기 경영연구소' 강형규 대표의 3p 바인더 강의, 1인기업의 콘텐츠를 위한 김형환 대표의 성공하는

CEO 강의, 그리고 자이언트 이은대 작가와 만나 책 쓰고 글 쓰게 된 일이다. 노트북 덕분이다. 나와 노트북은 한 몸처럼 붙어 다닌다. 새벽에 눈 뜨면 이불 개고 물 한 잔 마시고 바로 노트북 켠다. 하루 중의 루틴이 되었다. 노트북을 켜고 먼저 하는 일이 블로그 댓글이다. 나의 블로그에 공감이나 댓글 달아준 사람들에게 답글 공감 눌러준다. 그리고 메모장에 끄적거린다. 오늘은 무엇으로 블로그 시작할 것인지! 매일 한 편 글 쉽지 않다. 일단 독서 노트도 읽어보고 다른 사람 블로그도 둘러보면서 오늘 쓸 것이 무엇인지 주제를 찾는다. 메모도 한다. 노트북에 손을 올리면 집필 시작이다. 지금까지 쓴 블로그 글이 400개가 넘는다. 물리적 양의 확대이다. 주로 글쓰기, 독서, 1인기업에 관한 글이다.

오늘 아침에는 일어나서 글쓰기 공저 6기 3꼭지 먼저 수정했다. 오늘까지 네 꼭지 쓸 예정이었다. 그리고 댓글 달고 아침 블로그 썼다. 오늘은 그 덕분에 블로그 늦게 작성했다. 매일 이렇게 노트북과 절친처럼 지낸다. 지금 노트북이 없었다면 할 수 있는 것이 없다. 첫 번째, 줌 강의다. 글쓰기 코치로서 매주 두 번 줌 강의한다. 화요일 오전, 그리고 수요일 오후이다. 한국코치협회 코칭 자격 이수 과정도 운영한다. 이렇게 노트북과 나는 하나가 되어 움직인다. 두 번째, 카톡을 깔아놓으니 전체 소통이 된다. 그리고 이메일 수신, 또는 캔바에 접속해서 PPT 만들기 등 많은 일을 노트북과 한다. 이제 남편보다 더 가까운 노트북이다. 나이가 드니 남편은 멀어진다. 서로 취미가 다르고 일정이 다르니 각자도생이다. 세 번째, 노트북은 이동이 가능하다. 카페에도 가지고 가서 글 쓸 수 있다. 어디서나 블로그 열어볼 수 있다. 검색 인공지능

퀴튼 사이트에 질문도 한다. 일기도 노트북에 쓴다. 이제 나에게 없으면 안 되는 물건 1호이다. 나의 귀중한 팬이 되었다. 사물이지만 헤어지고 싶지 않은 친구이다.

노트북을 구입한 시간이 많이 지나갔다. 이제 속도도 느리고 성능 대비 내용이 많아지니 노트북도 용량이 딸린다. 다른 사람이 들고 다니는 가벼운 노트북 보면 또다시 사고 싶은 욕구가 생긴다. 그렇지만 친구처럼 함께한 세월도 깊고 한 몸이나 마찬가지인 디지털 친구를 홀대할 수는 없다. 그동안 나에게 도움을 준 부분 영향력이 나를 넘어선다.

한편으로는 노트북도 이렇게 나를 돕고자 애를 쓰는데, 나는 다른 사람을 위해 무엇을 했나 생각해보았다. 노트북처럼 말없이 친절하게 누구를 도운 적이 있나? 사물인데도 군소리 없이 타인 돕는 일을 해낸다. '나는?' 하는 생각에 잠깐 멈춘다. 노트북처럼 다른 사람 도울 수 있는 길은 나의 경험을 써서 전달하는 메신저 역할을 잘해내는 것이다. 2024년에도 매일 쓰고 올리는 일 꾸준히 할 것이다. 지금까지 해놓은 데이터 없었다. 2022년 이후부터 꾸준히 한 데이터 있다. 쌓아 올리는 일, 어렵지 않다. 지금까지 해본 경험이 적어서 서투르다. 아쉬운 점도 많다. 이은대 작가 말대로, 도전하고 실패하고 또 도전하고 "앗싸!" 하면서 '미친 척' 덤비는 일이다. 지금까지 내 방식으로 해왔다. 이제부터 좀 더 차분하게 배운다. 다른 사람 블로그, 성공한 사람들 방식도 깨우치고 모형화해서 자기화할 필요가 있다. 노트북으로 유튜브도 도전하고 싶다. 나만의 콘텐츠를 알리고 싶다. 글을 쓰고 싶어 하는 사람들의 문제를 해결해줄 방법, 질문을 올려주면 답을 줄 수 있는 프리미엄 콘텐츠로 소통하고 싶다.

결단이라는 말의 뜻은 다른 가능성을 차단하는 것이다. 결심이 아닌 결단을 통해 나의 사물 친구 노트북같이 누군가에게 힘이 되고 도움이 되는 사람으로서 흥미진진한 인생 가꾸고 싶다. 가슴 떨리고 흥분되는 새해, 많은 목표가 아닌 2개에서 3개만이라도 확실하게 도전해서 실행과 피드백으로 축적하는 2024년 만들고 싶다. 노트북과 상호작용을 통해 새롭게 깨우치며 살고 있다. 내년 이맘때는 감사해야 할 사물들이 늘어날 것이다. 말은 하지 못하지만 자신의 본질을 다하는 사물들처럼, 진심으로 바라는 간절한 나의 욕망, 나의 잠재의식이 던지는 시그널 놓치지 않을 것이다. 안 된다는 퇴로는 차단한다. 번성의 길은 노트북처럼 '그냥 주는' 일이다.

05 엄마라는 자리에 있었던 할머니

- 이정화

부모님은 호적에 2번의 이혼으로 기록되어 있다. 초등학교 저학년일 때 이혼하고 엄마는 나를 잊지 못해 다시 재혼을 결심하고 아빠와 나의 곁으로 왔다. 아빠도 내심 좋았는지 방을 꾸미고 구들방을 보일러로 바꿨다. 방을 직접 해서 방바닥이 울퉁불퉁해졌다. 엄마는 잘 때마다 못마땅해 했다. 중학교에 입학할 무렵에 엄마와 아빠는 다시 헤어졌다. 아빠가 꾸준히 회사에 다지지 못했던 일을 최근에 알게 되었다. 함께 살 때 일하러 다니던 엄마가 생각난다. 일하고 늦게 들어오는 날이면 할머니가 늦는다고 말했다고 한다. 할머니 시대에는 집안이 잘 안되면 여자가 잘못 들어와서 그렇다는 생각이 있던 시절이었다. 큰아버지가 겨울에 눈 오던 날 술 마시고 집으로 오다 객사하고 나서도 큰엄마 때문이라고 말하던 할머니가 떠오른다. 의견 차이로 말다툼이 잦았던 터였다. 나도 남편과 싸울 때도 있고, 시댁 식구와 의견이 맞지 않을 때도 있다. 엄마를 생각해보면 이해가 전혀 가지 않는 것도 아니다. 하지만 학창 시절에 엄마의 자리라는 빈 곳이 있었고, 친구들의 엄마를 볼 때면 엄마가 생각났다.

엄마의 자리를 대신해준 할머니였다. '경주댁'은 할머니의 별명이다. 경주 김씨라는 이유에서 이웃들이 그렇게 불렀다. 키는 150㎝이고 곱슬곱슬 까만 파마머리에 손가락 마디마디는 옆으로 휘어 있다. 할머니가 젊으셨을 때 떡 장사를 많이 해서 손이 휘었다는 엄마의 말이 생각난다. 흰 머리카락이 보일 때면 까만색 염색물을 칫솔을 이용해 발랐다. 여름이면 흰색 모시로 된 옷에 직접 물풀을 써서 다려 입었다. '도라지', '장미'라는 이름의 담배를 피웠다. 해마다 5월이면 창포물을 만들어 감게 하셨고 창포 잎을 머리카락 사이에 넣고 학교에 가게 했다. 부처님 오신 날에 절에 가서 가족의 이름을 적은 등을 다셨다. 제사를 지낼 때면 얼굴에 버짐이 안 핀다며 물밥을 꼭 먹게 했다. 동지에는 집 주변을 돌면서 팥죽을 숟가락으로 떠서 뿌렸다. 정월 대보름에는 호두와 땅콩을 깨 먹었다.

때때로 자갈치 시장에 가서 고등어를 사 오셨다. 동그란 나무 손잡이가 달린, 한 뼘 남짓한 칼로 고등어 머리를 툭 잘랐다. 배를 가르고 내장을 꺼내어 깨끗이 물로 씻었다. 그런 다음 굵은 소금을 뿌렸다. 고등어 반찬이 거의 주식이었다. 할머니가 구워주시던 고등어는 싱싱했고 맛있었다. 비리지도 않았다.

메주도 만들어 볏짚을 꼬아서 매달았다. 메주를 만들 때 콩을 삶는다. 김이 모락모락 나는 콩을 한 수저 떠서 후 불어서 먹었다. 구수한 맛이 났다. 삶은 콩으로 커다란 나무 도마에 네모 모양으로 만들었다. 도마 위에서 이리저리 두드리며 만드는 메주는 신기했다.

날씨가 추워지면 구들방 아랫목에 발을 넣어 따뜻한 온기를 느끼기 좋은 계절이었다. 밤에 자려고 누워 발을 뻗으면 발끝에 닿는 게 있었다. 빨간색 대야였다. 안에는 청국장이 될 콩들이 들어 있었다. 메주를 띄울 때면 온 집안에서 구린내가 진동했다. 나는 그 냄새가 싫었다. 몸을 씻어도 냄새가 나는 것 같았다. 냄새는 싫었지만 할머니가 해 주던 청국장은 맛있었다.

학교 다닐 때 점심 도시락을 들고 다녔다. 반찬은 기름에 튀긴 생선, 계란찜, 감자볶음, 김치 등. 한번은 된장찌개가 새어 나와 도시락 통에 냄새가 났다. 친구들이 가져오는 햄 반찬을 먹고 싶었지만 할머니는 해 주지 않았다.

일주일에 두 번 이상은 코피를 쏟았다. 거의 매일 쏟을 때도 있었다. 세수할 때나 밤에 자다가 갑자기 코피가 나기도 했다. 휴지를 갖다주고 방문을 열어주던 할머니. 몸에 열을 조금 내리면 코피가 빨리 멈추기 때문에 방문을 열어 바깥 공기가 방 안으로 들어오게 해주었다. 피만 보면 가슴이 두근거렸다. 한쪽 코에서 피가 멈출 때면 다른 쪽 코에서 또 코피가 났다. 코피가 나면 멈출 때까지 30분이 넘을 때도 있었다. 쉽게 멈추는 날이 많이 없었던 것으로 기억이 된다. 초등학교 입학 전 유치원 다닐 때 콧속에 있는 핏줄을 때우는 수술도 했다고 한다. 청소년기에 코피를 계속 흘린 것으로 보면 효과는 없었다.

공부하지 않으면 '공부 좀 해라! 앞집에 H는 공부를 잘해서 상 받았다더라' 하는 말이 듣기 싫었다. 주말이면 할머니를 피해 도서관에 갔다. 공부는 안 하고 음악 듣고 라면 먹으러 다녔던 도서관이다.

'동물의 왕국' 프로그램을 보면서 '짐승도 어미들은 자기 새끼 지키는

데 너거 엄마는 집을 나갔다' 말했다. 아빠의 편에서 엄마를 미워했다. 듣기 싫었다. 할머니의 말을 듣고 자란 시절이었다. 나를 버리고 엄마가 갔다는 생각을 하고 자랐다. 보고 싶기도 했지만, 곁에 없는 엄마가 싫었다.

지금은 사진과 추억으로만 만날 수 있는 할머니. 내가 아이를 낳고 1년도 안 되어서 돌아가셨다. 아들 얼굴을 사진으로만 보시고 돌아가셨다. 돌아가실 당시에는 할머니의 빈자리가 잘 느껴지지 않았다. 아이를 키우느라 정신없는 시간을 보내고 있었기 때문인 것 같다. 지금 돌아보면 함께 살 때 할머니의 어깨를 많이 주물러드리지 못했던 시간이 아쉬움으로 남는다. 잔소리가 많으셨던 할머니를 중학교 이후로는 멀리했다. 그동안 건강한 먹거리를 손수 만들어주시며 보살펴준 할머니. 이혼한 부모 때문에 엄마의 빈자리를 채울 수밖에 없었던 할머니. 잔병치레가 많았던 손녀를 보살피던 손길을 이제는 안다. 밤에 아이가 아플 때면 떠오른다. 잔소리도 사랑이었다는 것을 알게 되었다. 고등어의 배를 일일이 갈라서 손질하시던 할머니의 손길. 아랫목에서 만드시던 청국장. 그 맛을 잊을 수가 없다. 진하고 깊은 손맛을 따라잡을 방법이 없다. 할머니의 음식은 잊지 못할 추억이 되고 나의 성장 이야기가 되었다. 까만 곱슬머리 할머니. 그립고 보고 싶다.

06 보라색 가방과 붉은 옷

- 정은주

유리가 여덟 살 때 책가방을 사러 백화점에 갔다. 1학년이 되면 꼭 사주고 싶었다며 둘째 새언니가 건네준 용돈을 챙겼다. 초등학생들이 받고 싶은 가방 종류는 이미 인터넷으로 알아보았다. 해당 층수를 확인하고 에스컬레이터를 탔다. 올라갈 때마다 나중에 둘러봐야지 하면서 마네킹에 걸려 있는 물건들을 스캔했다. 이제 한 층만 더 가면 되었다. 에스컬레이터 위에서 점점 멀어지는 붉은 옷이 눈에 띄었다. 벽돌색이라 하기에는 밝고, 핏빛이라 하기에는 어두운 붉은 색이었다. 붉은 옷에 큼지막한 고동색 꽃무늬가 크게 들어가 있었다. 뒤에서 잡아끌듯 몸이 돌아갔다.

"엄마한테 어울리겠는데…."

작게 되뇌었다. 어느새 에스컬레이터는 아이 책가방 매장 앞에 도착했다. 보라색을 좋아하는 유리는 가방 두 개를 놓고 고민했다. 진보라는 글리터라는 반짝이가 가방 앞쪽에 들어 있었다. 색깔이 마음에 들지만 무거웠다. 무늬 없는 연보라 가방은 수수하지만 가벼웠다. 가방을 매어보니 또래보다 덩치가 작아 아이의 엉덩이를 덮었다. 고민하는 우리를 보고 매장 직원이 책 무게를 생각하라고 조언했다. 가벼운 것으로 선택했다. 계산하자마자 아이는 얼른 가방을 메고 매장을 나섰다. 그 길로 학교로 직행할 것처럼. 뒷모습을 인증샷으로 찍어 고맙다는 메시지와 함께 돈을 보내준 둘째 새언니에게 보냈다. 옷 매장에도 갔다. 발보다 한 치수 큰 운동화도 샀다. 편하게 입을 운동복도 사고, 저런 옷이 왜 마음에 들지 싶은, 의구심 가득한 옷도 구매했다. '아이가 원하니까 인심 쓰자!' 하는 마음으로. 푸드코트에 가서 둘째가 좋아하는 치즈 돈가스를 시켰다. 포크로 찍으니 출렁다리 같은 치즈 가닥이 흘러나왔다. 죽죽 늘어나는 치즈에 감탄하며 아이는 '엄지 척'을 한다. 행복한 모습을 보니 내가 엄마로서 잘하고 있다는 생각이 들었다. 입이 짧은 아이라 먹는 양도 적다. 그래서인지 몰라도 또래보다 머리 하나 차이가 난다. 키가 작은 아이를 보면 내 음식 솜씨 때문인가 싶어 스스로를 질책했다. 어김없이 아이는 다 먹지 못하고 돈가스 치즈가 굳어갈 때 즈음 숟가락을 놓았다. 금액을 생각하면 장식으로 놓인 브로콜리 하나도 남기기 아까웠다. 하지만 치즈가 점점 느끼해져서 남기지 않을 수 없었다. 치즈 돈가스가 아까워서인지 분명치 않았지만 무언가 모를 묵직한 마음으로 백화점을 나왔다. 솜사탕처럼 크고 가벼운 가방이 짤막해질 때까지 아이는 가방을 메고 다녔다.

3월 둘째 토요일 분당과 사천, 부산에 있는 식구들이 모였다. 멀리 있다 보니 주말로 시간을 잡았다. 밥과 국, 사과, 떡, 튀김, 커피로 간소하게 제사상을 차렸다. 추모 공원 안에 있는 제례실에서 엄마의 사진을 올려놓고 제사를 지냈다. 처음 맞는 제사상은 엄마가 살았던 친정집에서 차렸다. 첫째 새언니가 도맡아서 했다. 제사상에 어울리는지 모르겠지만 상다리가 휘어질 정도로 풍성했다. 그 후에는 내가 맡았다. 직장 생활하는 언니들이 준비해서 타지에서 들고 오는 것이 미안했다. 제사상에 올라가는 음식은 점점 개수가 줄었다. 엄마에게 가장 효자였던 둘째 오빠가 매년 말했다. 가짓수를 줄이라고. 제사 음식에 대한 스트레스보다 가족들 만나는 시간에 즐겁게 지내자고 했다. 그래도 아버지가 어머니의 빈약한 제사상에 서운해할 것 같았다. 가짓수만 맞추고 양은 대폭 줄였다. 가족이 모였을 때 유리는 가방을 메고 나왔다. 둘째 새언니가 보내준 용돈으로 예쁜 가방 메고 학교 다닌다며 감사하다고 인사했다. 매장에 갔는데 마음에 드는 두 개를 놓고 어떤 것을 살까 고민했다는 것, 옷 가게에서 고른 디자인이나 치즈 돈가스 등을 조금 과장된 목소리로 현장 중계했다. 그래야 덕분에 즐거운 시간을 보냈다는 것이 잘 전달될 것 같아서. 가족들도 이야기를 듣는 내내 입가에 미소가 지어졌다. 같이 가서 가방을 산 것처럼 상상했다. 가방을 매만지며 잘 샀다고 했다. 가족이 하나같이 행복한 미소를 지으며 나를 바라보았다. 순간 머릿속에 한 장면이 떠올랐다. 아, 그 옷. 붉은 옷!

미적지근하게 백화점을 나왔던 느낌이 무얼까 했는데, 생각났다. 엄마에게 어울릴 것 같은 옷을 잊었다. 아니, 그보다 엄마가 돌아가셨다는 것을 잊었다는 사실이다. 막내 유리가 두 달을 넘기지 않았을 때 엄마가 돌아가셨다. 이제 초등학교 입학을 했으니 7년이 흘렀다. 퇴근한다고 전화 통화했는데 10분 뒤 갑작스레 뇌출혈로 돌아가셨다. 내 전화를 끊자마자 아버지도 퇴근한다는 전화를 했다. 아버지는 엄마와 통화 중 갑자기 쿵 하는 묵직한 소리만 들려 "여보세요?"를 외치다 119에 신고하였다. 택시를 타고 집으로 달려갔지만 된장국만 시커멓게 타고 있었다. 차가워진 엄마를 보고 남은 가족들은 말을 잇지 못했다. 엄마의 제사 5주년까지 흙빛이 된 얼굴로 가족들은 눈을 제대로 못 맞췄다. 준비되지 않은 타이밍에 눈물이 흐를 것 같아서 서로 마주 볼 용기가 나지 않았다. 방바닥이나 허공만 보며 제사를 지냈다. 세월이 약이라고, 5주년에야 제사 지내면서 웃음소리가 났다. 할머니의 얼굴도 모르는 둘째가 제사 지내러 온 가족들에게 재롱을 떨었다. 할머니와 함께 살았던 첫째 지수도 표정이 밝아졌다. 제사상에 놓인 튀김을 빨리 먹고 싶다고 재촉했다. 그런 아이들의 모습에 한바탕 웃었고 서로를 보는 게 편해졌다.

이제는 괜찮다고 생각했다. 잊을 만큼 잊었다고. 그런데도 지나가다 나도 모르게 옷 가게에 걸린 옷을 매만졌다. 엄마에게 어울릴 만한 게 보이면 여름이면 얇은 옷을, 겨울이면 두꺼운 옷을 골랐다. 더 이상 입을 사람이 없다는 생각이 스치면 그 자리에 굳어버렸다. 옷자락을 차마 놓지 못하고 가만히 서 있었다. 이승과 저승 사이에서 내가 먼저 놓으면 영영 못 만날 것처럼 느껴졌다. 아무리 비싸도 사줄 테니 한 번만이라도 살아 온다면 좋겠다. 그런 생각에 눈가를 닦고 돌아섰다. 이렇게 옷에 대한 애정이 있는 것은 아마도 그게 아닐까 싶다. 장례를 치르고 3일 만에 집에 왔을 때였다. 놀랐다. 얼마나 놀랐는지, 비명을 질렀는데 소리가 나오지 않았다. 죽음을 예견했던 걸까. 엄마는 생전에 안 입는 옷들을 모아 쓰레기봉투에 담아놓았다. 디자인을 보니 최소 10년 전에 구입한 것이다. 깔끔하게 다리미질하여 가지런한 옷가지를 보니 본인의 삶 같았다. 한 푼이라도 자신을 위해 사용한 적 없는 엄마의 삶. 가족만 바라보고 살았는데 갑자기 왜 정리했을까? 궁금하면서도 섬뜩했다. 아무도 없는 집에서 어떤 느낌이 들었길래 유품 정리하듯 치웠을까?

대학 졸업 후 부산에 내려와서 영어 강의를 했다. 잘 가르친다는 소문이 나서 학생도 많았고 수입도 빨리 늘었다. 계절마다 비싼 옷은 아니어도 엄마와 아버지의 옷을 사드렸다. 특히 엄마는 아버지의 양복을 사줄 때 아들 셋에 막내로 딸 낳은 것을 뿌듯해하셨다. 지나가다 마음에 드는 옷이 있으면 강의가 없는 시간에 쇼핑했다. 엄마는 그런 시간을 좋아했고 기다렸다. 효자였던 오빠들이 결혼하고 뜸해졌을 때 '가정에 충실해야지'라는 말끝에 서운함이 묻어났다. 나는 안 그럴 거라는 말로 엄마를 위로했다. 결혼 후 귀여운 손녀가 생겨 할머니의 손길에 크는 것을 행복해했다. 허리가 아프다 하면서도 포대기로 꼭꼭 묶어 첫째 지수를 업고 다녔다.

결혼해도 변하지 않을 거라는 약속과 달리 나도 오빠들 같았다. 아이 기저귀나 간식이 떨어지면 바리바리 사서 재어놓으면서 엄마와 아버지에게 소홀했다. '다음에'라는 말을 달고 살았다. 금방 자라는 아이들과 함께하는 시간을 놓치면 안 될 것 같았다. 예쁜 옷만 입히고 좋은 것만 먹이고 싶었다. 돌아보면 어제처럼 생생한 순간이다. 막내 유리는 올해 중학생이 된다. 교복 입은 모습을 보여주고 싶은데 이제는 할머니도, 할아버지도 안 계신다. 이럴 때 나는 마음속 옷집으로 향한다. 손끝이 시려 항상 장갑을 끼던 엄마와 중절모를 쓰던 아버지를 떠올린다. 장갑도 사고 목도리도 사고 모자도 산다. 엄마의 이름 함자에 들어간 '붉을 홍'이 떠올라서 그런지 백화점에 걸려 있는 붉은 옷이 유독 기억에 남았다. 아이고야, 이렇게 그리울 줄 알았으면 옷을 더 사드릴걸…. 오늘도 손톱 끝만 매만진다.

07 나의 소울 푸드 김치! 그리운 외할머니께 쓰는 편지

- 최경희

소울 푸드가 무어냐고 물으면 서슴없이 김치입니다. 몸도 마음도 지칠 때마다 김치로 충전합니다. 여행에서 돌아오면 가장 먼저 김치찌개를 먹습니다. 지난 목요일 당일로 대마도 다녀왔는데요, 집에 도착하기도 전에 남편에게 김치찌개 먹고 싶다고 톡 보냈습니다. 감사하게도 냄비 가득 끓여놓았더군요. 느끼한 음식 먹고 나면 시원한 동치미로 입가심합니다. 장이 불편할 때는 누룽지를 끓여 푹 익은 깍두기 국물을 먹으면 나아집니다. 2주 동안 시어머님 간병할 때는 신 김치 먹으며 병원 냄새를 이겼습니다. 싱거운 김치일수록 좋습니다. 싱거우면 샐러드처럼 먹을 수 있으니까요. 싱거운 김치 하면 외할머니 김치입니다. 할머니 김치는 깔끔하고 시원해요. 36년 전에 먹은 할머니 김치가 마지막이었습니다. 36년 만에 다시 만난 엄마 집에 한 달에 한 번씩 가는데요, 혼자 살고 계시는 엄마가 담그는 김치에는 할머니의 맛이 남아 있습니다. 적당히 익은 백김치에 밥 한 그릇 가득 먹고, 아쉬워 몇 숟가락 더 먹게 됩니다. 평소에는 탄수화물 절제식을 하지만 김치 앞에서는 '일단 먹자' 합니다. 통통한 여자아이가 고봉밥에 김치만 얹어 먹었던 어릴 적 기억이 떠오릅니다. 소울 푸드 김치 하면 외할머니가 생각납니다.

외할아버지는 8년 전 위암으로 돌아가시고 할머니는 5년 전 뇌출혈로 돌아가셨다고 합니다. 불과 5년 전에 돌아가셨다니, '내가 좀 더 빨리 찾아볼걸…' 많이 후회했어요.

이북 분인 외할머니 김치는 깔끔하고 시원합니다. 백김치, 동치미, 배추김치, 총각김치는 밥도둑이었죠. 김치 외엔 먹을 줄 아는 음식이 없었어요. 이것저것 먹이려고 아무리 애를 써도 먹지 않았다고 합니다. 어릴 때 중화반점 식당을 했었는데요, 친구들은 짜장면 매일 먹어서 좋겠다며 부러워했습니다. 느끼한 짜장면 냄새 싫어하고 김치와 밥만 먹는데 말이죠. 알타리 무김치를 젓가락에 꽂아 들고 다니며 간식으로 먹을 만큼 김치를 사랑했습니다.

어느 날 고열과 구토로 호되게 아팠던 적이 있어요. 병원에 갔더니 독감이라고 했습니다. 독감보다 더 심각한 건 영양실조였어요. "세상에! 영양실조라니! 그것 봐라! 맨날 김치만 먹으니까 어? 영양실조라잖냐! 의사 선생님 말씀 들었지? 이제 골고루 먹어야 한다, 어?" 열이 펄펄 나고 있어서 머리가 띵하고 메슥거리고 귀에서 김이 피어오르는 것 같았습니다. 그때 할머니의 카랑카랑한 목소리, 표정이 아직도 생생합니다. 외할머니가 그립습니다. 내가 조금만 더 일찍 찾았더라면…. 엄마와 내가 만나는 것을 보셨다면 얼마나 기뻐하셨을까 하는 생각에 더 그립습니다.

중학교 다닐 때부터 김장을 도왔어요. 딱딱하게 언 겨울 땅을 삽으로 파고 김장독도 묻었습니다. 추운 겨울날 항아리를 열면 김치 위에 살얼음이 있었지요. 새콤하고 얼얼한 그 맛을 상상하니 침이 고입니다. 겨울이면 매일 익은 김치로 김치찌개를 끓였습니다. 먹다 남은 찌개에 묵은지를 더 넣어 찌듯이 끓였어요. 김치찌개만 있으면 다른 반찬이 필요 없었습니다. 달걀 프라이에 김을 더하면 진수성찬이 되지요. 밤만 되면 동네 사람들이 하나둘씩 찐 고구마, 구운 고구마를 들고 모였습니다. 추운 밤 벌벌 떨며 항아리에서 꺼내는 김치 맛은 낮의 것과는 또 다릅니다. 뜨끈한 고구마에 손으로 찢어 올려 먹으면 달콤, 새콤, 매콤, 시원, 겨울철 별미입니다.

한 번도 김치를 버린 적이 없습니다. 국물까지 요리에 넣어 먹지요. 묻어둔 김치는 다음 해 3월이면 하얗게 곰팡이 피고 군내가 납니다. 깨끗이 씻어서 참기름에 조물조물 무쳐 먹습니다. 도시락 반찬도 늘 김치였어요. 따로 가져갈 반찬도 없었지만, 김치 도시락 반찬이 좋았습니다. 겨울 도시락에 넣은 신 김치는 난롯불 위에서 자연스럽게 김치볶음밥이 되고, 여름에 담은, 조금 덜 익은 막김치는 점심시간 때까지 숙성되어 딱 먹기 좋습니다. 가방 안 김치 병에서 솔솔 풍겨 나오는 냄새도 좋았고, 뚜껑 열 때 숙성 가스 빠지는 '퐁' 소리가 좋았습니다.

겨울 동치미는 여름 오이지 같은 필수 국물김치입니다. 항아리에 굵은 무를 통째로 소금 뿌리며 켜켜이 쌓고 마늘과 쪽파만 넣습니다. 나머지 소금을 물에 녹여 붓고, 묵직한 것을 얹어 익힙니다. 요즘 드라마 '응답하라 1988'을 다시 보고 있는데요, 주인공 덕선이가 연탄가스 맡고 기어 나와 동치미 항아리를 열고 벌컥벌컥 국물 마시는 장면이 있습니다.

어느 새벽, 동생이 마구 울어댄 적이 있었어요. 반사적으로 몸을 일으켰는데, 머리가 빙빙 돌고 목이 매캐했습니다. 동생이 우리 가족들을 살린 거나 다름없습니다. 부모님도 깨어 동생 데리고 겨우 마당으로 나왔어요. 덕선이처럼 동치미 국물 떠다가 같이 마셨던 기억이 나는군요.

소울 푸드 김치는 김치냉장고에 늘 가득 차 있습니다. 김장 직후가 제일 뿌듯합니다. 엄마가 혼자 사시는데요, "혼자 있으니까 김장 안 하고 여기저기서 조금씩 주셔서 먹고 있어" 하십니다. 김치 보내드리마 했더니 묵은지 두세 포기와 김장김치 두 쪽 정도만 보내달라고 하십니다. 엄마와 밥 먹을 때 외할머니 김치 이야기를 합니다. "할머니 김치 생각나니?" "맛을 기억하는 거 같아요. 그때 김치밖에 안 먹었으니까." "그래, 맞어. 그럴 거야, 네가 할머니 김치 진짜 잘 먹었지. 아이고, 엄마 보고 싶네…."

그리운 외할머니! 저예요, 할머니! 하나밖에 없는 외손녀요. 지금은 아프지 않고 편안하게 잘 계시죠? 2023년 2월에 엄마와 연락되어 36년 만에 우리 만났어요. 처음 만난 날 우리 막 울고불고 안 했어요. 매일 만나는 모녀처럼, 엊그제 일처럼 이야기 나눴어요. 우리답죠? 엄마가 할머니 어깨너머로 배운 백김치 담갔더라고요. 같이 먹으면 쑥쑥 없어져요. 만나면 할머니 얘기 제일 많이 해요. 제가 독감에 영양실조 걸린 이야기 했더니 엄마가 모르더라고요. 마지막까지 할머니와 통화한 이야기도 들었어요. 하루에도 몇 번씩 전화했다면서, 투닥투닥 했다면서,

요즘 들어 할머니가 더 그립대요. 엄마는 저 만날 때마다 외할머니 할아버지께 죄송한 딸이라고 해요. 할머니도 그렇게 생각하세요? 아니죠? 끝까지 친구로 지낸 큰딸이 든든하셨죠? 엄마는 이제 걱정 안 하셔도 돼요. 저 만나고 나서 가슴에 얹혀 있던 돌덩이가 없어진 것 같다고 하셔요. 우울증도 없어졌다고 해요. 막내 이모가 연락해 왔을 때 부고 소식이면 어쩌나 철렁했는데, 아주 건강하게 지내는 모습에 얼마나 안도했는지 몰라요. 할머니 사진 보고 울컥했어요. 엄마 대신 저 키워주셨는데, 돌아가시기 전에 만나지 못한 것이 한스럽네요. 제가 조금 더 빨리 마음먹었다면 할머니를 만날 수 있었을 텐데요. 할머니는 저 안 보고 싶으셨어요? 엄마 때문에 제 이야기 일부러 안 하신 거 맞죠? 언젠가 제가 그곳에 가면 꼭 얘기해주세요. 우리 셋이 반갑게 만나서 옛날 이야기 해요! 한 달에 한 번씩은 엄마 만나러 가요. 곧 또 만나서 할머니 추억할게요! 그리고 엄마는 이제 걱정 마세요. 제가 있으니까요!

08 투게더 한입에 기억 한 스푼

- 최주선

예닐곱 살 꼬맹이였던 시절, 외할머니가 집에 오는 날이면 냉동실에 아이스크림이 있었다. 빵빠레와 투게더, 두 개 다 나 먹으라고 사다놓은 줄 알고 좋아했는데 투게더는 내 몫이 아니었다. 아이스크림이라면 뭐라도 좋아했던 나였지만. 할머니 몫까지 먹을 수는 없었다. 전라도 사투리를 구수하게 쓰는 할머니는 전북 순창에 살았다. 한번씩 일곱 남매가 사는 서울로 오셔서 일곱 집을 순회하고 다시 시골로 가곤 했다. 보통 잠은 맏딸인 엄마 집, 그러니까 우리 집에서 잤다. 외할머니가 좋았다. 겉모습도 내가 어렸을 적 좋아했던 '호호 할머니'를 닮아 작고 통통하고 귀여운 이미지였다. 지금 생각해보면 할머니는 돌아가실 때까지 귀여웠다. 나랑 같이 가위바위보도 하고, 내게 옛날이야기도 해줬다. 놀다가 투게더 아이스크림 뚜껑 열고 숟가락으로 같이 퍼먹었다. 아이스크림 먹다가 할머니 어렸을 때 이야기도 들려주곤 했다. 6·25 전쟁 이야기, 엄마 어렸을 적 이야기, 배고파 굶주렸던 이야기들이었다. 기억에 남는 옛날이야기는 「해님 달님」이다. 나도 오빠가 한 명 있는데, 마치 「해님 달님」에 나오는 오누이처럼 우리한테도 호랑이가 나타나 '떡 하나 주면 안 잡아먹지'를 할까 봐 무서웠다.

전북 순창은 엄마의 고향이기도 하고, 아빠의 고향이기도 하다. 다른 사람도 우리 부모님처럼 고향이 모두 한곳인 줄 알았다. 시골이 두 군데라고 말하는 친구들의 말이 이상하게 들렸고, 믿어지지 않았다. 엄마 아빠 따라 시골에 가면 아랫동네에는 외할머니 집, 옆 동네에는 작은할머니 집, 윗동네에는 친가 큰아버지 집이 있었다. 시골에 갈 때면, 어른들이 서운해한다며 하룻밤씩 집을 옮겨 잠을 잤다. 명절 때 시골에 가면 우리 식구만 가는 게 아니라 이모, 삼촌 식구들도 다 모여 잘 자리가 부족했다. 한번은 엄마 아빠가 나는 할머니랑 자라고 두고 큰집으로 갔다. 큰집보다 할머니 집이 따뜻하니까 할머니랑 같이 따뜻하게 자라고 했다. 캄캄한 밤, 고리 하나로 걸어 잠근 빈약한 나무문 밖에서 들리는 귀뚜라미 소리가 무서웠다. 엄마가 보고 싶었다. 누워 있는 할머니를 흔들어 깨워 말했다.

"할모니, 엄마가 보고 시포."

할머니는 나를 눕히고 내 머릿밑으로 팔베개를 해주며 가슴을 토닥거렸다. 할머니도 좋지만, 엄마가 더 보고 싶었다. 울음이 터져 나와 훌쩍거리자, 할머니는 마지못해 내 손을 잡고 길을 나섰다. 몇 시였는지 기억나지 않지만, 밖은 무척 캄캄했다. 스산한 공기, 짙은 밤하늘, 반짝이는 별들. 별은 예쁘지만 어디선가 호랑이가 갑자기 뛰쳐나올 것만 같은 무서움에 할머니 옆에 딱 붙어 손을 꽉 잡았다. 꽤 늦은 시간이었던 것 같다. 하는 수 없이 길을 나선 할머니의 말끝에선 '망태기 할아버지'가 나왔다.

"밤에 여러고 댕기면 못 쓰는 거여. 암만, 밤에는 여러고 댕기면 못 쓴당께. 망태 한아버지가 나와서 집게로 여렇게 집어다가 자루에 넣어 가불면 엄마한테도 못 가불지."

"망태 할아버지가 뭐야? 할머니?"

"있당게. 쓰레기랑 밤에 돌아다니는 애기 데불고 가는 한아버지."

할머니는 할아버지를 한아버지라고 말하곤 했다. 하여튼 그 말을 듣는 동안 무서웠던 기억만 난다. 아직도 그 상황이 기억나는 걸 보면 꽤 인상적인 날이었나 보다. 할머니 손에 이끌려 겨우 엄마 품에 안겼다. 그때는 몰랐는데 지금 생각해보면, 나를 데려다주고 할머니 혼자 캄캄한 밤에 다시 집으로 갔을 생각을 하니 죄송스럽다.

고등학생 때, 단짝 친구랑 시골에 갔다. 외할머니를 보고 싶어 친구랑 고속버스에 올랐다. 고속버스를 타는 것도 처음이었고, 부모님 없이 가는 길도 처음이었다. 아직 꼬맹이로 보이는 손녀가 버스를 타고 할머니를 보러 온다는 말에 할머니는 버선발로 마을 입구까지 뛰쳐나왔다. 언제 도착할지도 모르면서 계속 서 있었나 보다. 버스에서 내려 마을 입구부터 집까지 1㎞ 남짓 걸리는데, 언제 나왔는지 그 자리에 있었다. 늘 그랬다. 할머니는, 자식이든 손녀든 누가 와도 그렇게 먼저 나와 목 빠지게 기다렸다. 도착하기 전에는 할머니가 밭에 가서 고추랑 상추도 따고, 딸기도 따다놓았다. 풀냄새 폴폴 나는 시골 밥상 한 상 차려 조기도 노릇하게 구워 내주셨다. 서울에서 먹던 맛보다 몇 배는 더 맛있는 할머니 밥상이었다. 친구랑 놀러 왔다고 타래과를 만들어주셨다. 밀가루 반죽해서 칼로 반듯하게 잘라 칼집을 내고 칼집 낸 사이로 반

죽을 뒤집어 기름에 튀기면 됐다. 태어나서 처음 만들어본 타래과는 좀 기름졌지만 달콤하고 바삭했다. 약과 맛 같으면서도 또 다른 맛이었다.

결혼 후에도 아이들을 데리고 시골에 가면 할머니는 마당 장작에 불을 피우고 큰 가마솥을 올렸다. 큰 주걱으로 저으며 만들어준 몽글몽글한 순두부와 손두부는 아직도 생각난다. 태어나서 먹어본 두부 중에 가장 담백하고 고소했다.

남편과 함께 아이 셋을 데리고 순창에 갔다. 남아공으로 떠나오기 전이었다. 순창 읍내에서 무얼 살지 고민하다 엄마한테 전화했다.

"엄마, 할머니 뭐 좋아하시지? 투게더 말고!"

"통닭 사 가, 거기 시장에 닭집 있어. 거기서 닭튀김 한 마리만 사면 돼. 마트 가서 투게더 하나 사고."

통닭이라는 글자만 달랑 크게 적인 미닫이 철문을 열고 들어가니 닭 냄새와 기름 냄새가 뒤섞인 맛이 났다. 할머니가 맛있게 드실 생각에 마음이 급해졌다. 옆 슈퍼에 가서 투게더 아이스크림을 한 통 집어 들었다. 투게더 아이스크림은 다 같이 먹어야 맛있으니까 한 통을 더 샀다. 분명 할머니는 조금 드시고 우리 먹으라고 다 내어주실 게 뻔했다.

할머니는 2021년 코로나에 걸려 갑작스럽게 돌아가셨다. 잔병은 있었지만, 그렇게 갑자기 떠나실 거라고 전혀 예상치 못했다. 2018년 남아공으로 떠나오기 전 봤던 할머니 모습이 마지막이었다. 할머니는 인사하고 떠나오려는 나를 부둥켜안고 참다 참다 못 참고 꺼이꺼이 눈물을 터뜨리셨다. 아이같이 서럽게 우셨다. 그리고 한마디 하셨다.

"이제 가믄 못 볼랑갑다."

그게 진짜 마지막이 될지 몰랐다. 그사이 전화도 하고 화상 통화도 했지만, 할머니 손은 잡아볼 수 없었다. 할머니 소천 소식을 듣고 옷장에서 검은색 옷을 골라 입었다. 그리고 할머니를 기억하며 브런치 스토리와 블로그에 글을 남겼다. 엄마가 보내준 할머니 사진을 들여다보며 할머니 얼굴을 그림으로 그렸다. 국화꽃 다섯 송이도 가슴에 달아드렸다. 투게더 아이스크림도 같이 그렸다.

빨간색을 '삐렁놈'이라고 말하고, 이것저것을 '거시기'라고 말하고, 그래를 '하모하모'라고 말하던 할머니 목소리가 생생하다. 엄지와 검지를 벌리면서 브이 하던 할머니 얼굴이 떠오른다. 할머니가 오실 때마다 항상 냉장고에 있었던 투게더 아이스크림이 생각난다.

남아공에는 투게더 아이스크림이 없다. 한인 마트에도 팔지 않는다. 간혹 빵빠레는 보인다. 투게더 아이스크림이 없는데도 빵빠레 아이스크림을 보면 투게더가 떠오른다. 일부러 빵빠레 아이스크림을 샀다. 뚜껑을 열면서 아이들에게 말했다. 빵빠레는 내가 좋아했는데, 외할머니는 투게더 아이스크림을 좋아했다고. 오늘따라 할머니가 더욱 그립다.

09 어쩌면 엄마란, 돌아가신 후에야 더 많이 보고 싶은 존재일까?

- 홍혜숙

오늘(2023년 12월 17일)은 일요일 아침인데도 눈이 일찍 뜨였다. 엄마가 해준 가마솥 막국수(막 끓였다 해서 붙인 이름)가 생각났다. “여보, 오늘은 뭐 해 먹을까요?” 하니, 남편은 “잔치국수 먹을까?”라고 한다. 뭐든 주말 아침은 해 먹어야 하니, 일단 잔치국수를 해 먹기로 했다. 육수를 내어야 했다. 가스 불을 켜고 냄비에 물을 붓고 다시마 3조각, 큰 멸치 한 줌, 대파 뿌리째 넣고 육수 물을 우려내었다. 그다음 다른 냄비에 물을 붓고 팔팔 끓을 때 국수를 삶았다. 한번 끓어오르면 찬물을 붓고, 다시 끓어오르면 또 찬물을 붓고 그렇게 3번 반복했다. 이때 마지막에 채소 부추와 시금치를 함께 넣고 익으면 찬물에 국수와 부추, 시금치를 흐르는 물에 비벼서 깨끗하게 씻어서 국수는 국수대로, 부추와 시금치 채소는 따로 뭉쳐 양념을 넣고 버무려놓았다. 육수에 넣었던 다시마와 멸치는 건져내고 다시 끓을 때 채소(당근, 호박)를 채 썰어서 넣고 팽이버섯도 같이 넣어서 끓였다. 대파를 얇게 썰어서 진간장과 깨소금, 고춧가루, 참기름을 넣고 양념장도 같이 준비했다. 달걀은 4

개를 깨뜨려 소금으로 간하여 지단을 2장 부쳤다. 묵은 김치도 송송 썰어서 기름을 두르고 볶아서 같이 곁들였다. 부추와 시금치 무친 나물도 국수 위에 올려놨다. 맛난 국수를 먹을 때마다 엄마 얼굴이 떠올랐다.

어제 남편이랑 둘이서 친정집에 갔다. 얼마 전 시어머니가 해주신 김장 김치를 들고, 남편이 운전하고 나는 옆에서 『맥스웰 몰츠 성공의 법칙』을 읽으면서 갔다. 제45회 독서 모임 '천무' 지정 도서로, 책을 사들이자마자 날짜를 계산해서 매일 읽을 목표를 정하여 띠지를 붙여놨기에 시간만 나면 목표를 향해 돌진하여 책을 읽었다. 독서 모임 '천무'는 책을 읽고 소모임에서 독서토론도 하고 독서 서평을 써서 블로그에 올린다. 책도 읽고 토론하고 내가 좋아하는 문장을 뽑아서 내 생각도 적고 읽고 난 뒤 소감과 나의 어록도 만들 수 있으며 다른 작가님들의 생각들을 모조리 갖고 올 수 있는 최고의 독서 모임이다. 올해는 이런저런 일들로 참가를 많이 못 했지만, 앞으로는 발을 깊숙이 담가볼 작정이다.

친정집에 가는데 바람은 세차게 불고 있었다. 올해 들어 가장 추운 날이었다. 자이언트 책 쓰기 수업을 오전 7시에 듣고 글도 한 편 썼다. 자이언트 작가님들은 잠실 교보문고에서 올해의 마지막 저자 사인회에 참석한다고 했다. 엄마가 돌아가시고 홀로 계신 아버지가 계속 생각이 났다. 나는 2023년 12월 1일부터 건강이 안 좋아서 임플란트도 2개나 심어 잇몸이 좋지 않았으며 갑자기 장염까지 걸렸다. 지지난 주 시어머니 김장하시는데 도와주지도 못했다. 아버지는 전화만 하면 "언제 올

거고?" 하니 지금 나의 건강이 회복되고 있어서 멀리 서울은 못 가고 '지금 내가 할 수 있는 일이 뭐지?' 생각했다. '그래! 홀로 계신 아버지한테 가야겠다'라고 다짐하였다.

오늘 일요일 아침, 잔치국수를 먹었다. 갑자기 결혼하기 전 남편이 우리 집에 놀러 왔던 기억이 떠올랐다. 남편은 3년 동안 매일, 내가 근무하는 사무실로 편지를 보내왔다. 나이가 어린 나는 아무것도 몰랐다. 처음 만났을 때 내 나이는 스물한 살이었다. 남편은 대학교 3학년 여름방학 때 내가 근무하는 곳에 아르바이트를 하러 왔다. 남편 친구랑 둘이서 수도 파이프 길이를 측정하는 아르바이트로 우리 사무실에 왔다. 남편은 남편 친구한테 쪽지를 나에게 주라고 시켰다. 남편 친구는 말이 많았고 남편은 말이 없었다. 그렇게 계속 나를 지켜보았다고 했다. 여름휴가를 내고 퇴근을 했다. 버스를 탔다. 갑자기 남편도 버스를 타고 내 앞으로 와서 내 옆자리에 앉아도 되느냐고 했다. 내가 내려야 하니 다른 데 앉으라고 했다. 내 옆자리에 그냥 앉은 남편을 뒤로하고 나는 버스에서 내려 줄행랑을 쳤다. 그날 이후 여름휴가를 즐기러 부산에 사는 둘째 언니 집에 놀러 갔다. 내가 없는 일주일 동안 남편은 내가 내린 마을에 가서 나를 찾아다녔다고 했다. 우리 마을은 버스에서 내리면 보이지 않는 마을이었다. 다른 마을에 가서 나를 찾아다녔고, 면사무소에서 근무하던 내 친구에게 편지를 전해달라고까지 했다고 했다.

내가 돌아온 날, 남편은 아르바이트를 마치고 2학기 개강으로 학교에 공부하러 갔다. 내가 휴가를 마치고 근무하는 날 아침에 사무실로 전화를 했다. 오늘 꼭 만나러 갈 테니 시간을 내어달라고 했다. 그렇게 처음 만나던 날, 우리 사무실 직원이 나를 읍내까지 태워주었다. 처음 만나던 날엔 여름 마지막 소나기가 퍼부었다. 남편은 우산을 가지고 오지 않았고, 버스는 중도에서 더는 못 가니 손님들 보고 내리라고 하여 우산도 없이 걸어왔다고 했다. 만나는 장소에 30분 정도 늦게 들어왔다. 기다리다가 나가려는데 비를 쫄딱 맞고 머리부터 온몸이 젖어 있었다. 안쓰러웠다. 그날 저녁은 내가 좋아하는 돈가스를 먹었다. 사실 뒤에 알게 되었는데 남편은 돈가스를 제일 싫어했다. 그날 처음 만난 날 남편은 나에게 청혼을 했다. 나를 처음 본 순간 영화에 나오는 '진짜 진짜 좋아해 임예진'을 닮았다고 했다. 나는 아직 내 꿈도 못 이루고 있었고 공부도 더 하고 싶고 하여튼 안 된다고 딱 잡아뗐다. 그랬더니, 남편은 앞으로 3년 사귀어보자고 했다. 그 후부터 남편은 학교도 잘 가지 않고 우리 집에 찾아왔다. 논문을 써야 한다고 하면서 우리 집에서 일주일을 버티고 있었다. 엄마는 더 난리였다. 퇴근하면 "엄마" 하고 집으로 오던 내가 남편이랑 만난 이후부터 늦게 오니 엄마는 반대가 심하였다. 난 엄마의 반대를 무릅쓰고 3년 동안 만났다. 남편은 만날 때마다 책과 편지를 선물로 주었다. 그 정성에 감동하여 결혼하기로 마음먹었다. 그렇게 싫다고 하던 엄마도 내가 결혼을 하고 나니 남편을 너무 좋아했다. 마음씨가 착하고 마음 씀씀이가 남달랐기 때문이었다. 지금은 주말이면 아이 셋을 위해 청소, 빨래 등 집안일을 해주는 천사표 아빠이다.

남편은 나랑 사귈 때 우리 집에서 국수를 먹고 싶다고 했다. 엄마는 매일 바쁜 나머지 밭일하러 가셨다. 새벽에 점심까지 준비해서 가는 날이 많았다. 그래서 내가 처음으로 국수를 끓여봤다. 가마솥에 물을 넣고 아궁이에 아장 가리(마른 소나무 가지)와 갈비(마른 솔잎)를 넣어서 불을 지폈다. 갈비는 소나무에서 낙엽이 되면 땅에 떨어졌다. 갈색 실처럼 두 가닥이 하나로 묶여, 만져보면 딱딱하다. 그것을 갈퀴로 긁어서 둥우리에 담아 왔다. 그렇게 겨울에 갈비로 아궁이에 불을 때서 방이 뜨거워지면 밤에 잠을 잘 수 있는 유일한 겨울 난방용 땔감이었다. 국수를 삶기 위해 물이 끓으면 국수를 넣고 휘저어서 다시 뚜껑을 덮고 끓어오르면 한 가닥 건져서 흙벽(아궁이 위)에 던져보아서 국수가 흙벽에 붙으면 익은 것이고 그렇지 않으면 더 끓여야 한다고 엄마가 알려주었던 기억이 났다. 그런 다음 바로 채소를 넣어서 국자로 휘저어 그릇에 떴다. 그렇게 교자상에다 두 그릇을 올려 김치랑 같이 내었다. 둘이 먹으려고 했는데 갑자기 남편이 "이게 뭐냐?" 물어봤다. 남편은 잔치국수를 먹고 싶었는데 나는 그냥 막국수를 해주었다. 우리 친정에서는 그렇게 해 먹었다. 그때 남편은 배는 고프고 하니 그냥 먹었는데 오늘 아침에 그때 일이 떠올라서 웃음이 났다. 옛날에 엄마가 나에게 끓여준 가마솥 막국수가 무척 그리웠다.

2023년 6월 14일 14시 51분에 엄마가 지병으로 하늘나라로 갔다. 엄마는 늘 집에서 막내딸을 기다리고 있었다. 내가 가면 얼마나 좋아했는지 모른다. 엄마가 돌아가신 그날 이후 나는 무슨 날벼락이 났는지 기운이 하나도 없고 아무것도 안 하고 싶었다. 그때부터 내 건강은 조금씩 안 좋아졌다. 2023년은 그야말로 안과, 이비인후과, 피부과 등 온갖 병원에 통증, 장염으로 링거까지 맞았다. 그리고 잇몸에 고름이 차

올라 치아 치료를 하다가 도저히 안 되어서 임플란트 2개나 심었다. 아플 때마다 엄마가 그리웠다. 기운을 차려서 남편이랑 둘이 친정집에 갔다. 홀로 계신 아버지를 뵈러. 바람은 세차게 불고 있었다. 대문을 활짝 열고 "엄마! 나 왔어. 엄마!" 나도 모르게 큰 소리로 엄마를 불렀다. 아무 대답이 없었다. 엄마는 항상 친정집에서 나를 기다리고 있을 거라고 믿고 싶었기 때문이었다. 고개를 다시 들어서 바다를 보니, 바닷바람이 눈에 훅 들어와 갑자기 눈앞이 흐려 앞이 보이지 않았다. 맛난 과일이랑 김장 김치랑 가지고 왔는데….

오늘 아침 잔치국수를 먹는데 "부모님 살아 계실 때 진심으로 위해드리자. 절대 맛있는 반찬 혼자 먹지도 말자. 나중에 눈물 반찬 먹게 된다"라는, 안상헌의 『내 삶을 만들어준 명언 노트』의 구절이 머릿속을 스쳤다. 국수 맛이 짭짤했다.

10 집을 통해 부모님의 사랑을 느끼다

- 황현정

햇살이 눈부시게 비친다. 골목길에 들어서면 멀리서도 밝게 빛나는 집이 있다. 그 옆집들은 맞은편에 건물이 있어서 그늘이 드리운다. 유독 햇빛이 비치고 있는 집 맞은편에도 건물이 있지만, 1층짜리이고 가로로 넓게 자리를 잡고 있어 그늘의 영향을 받지 않는다. 밝게 빛나는 그 집이 우리 부모님 집이다. 내가 초등학교 1학년 때 이사 가서 지금까지 살고 계신다. 35년의 세월을 함께하고 있다. 내가 자라면서 기억하는 다양한 일들이 그곳에서 일어났고, 내 기억 속 대부분의 집이 그곳이다. 집을 생각하면 그곳에서의 부모님 모습들이 떠오르고, 부모님을 생각하면 그 집이 함께 떠오른다. 이제는 나와 부모님과의 추억만이 아니라, 아이들의 추억 속에도 자리 잡아간다. 햇살이 비치는 따스한 집, 부모님의 사랑과 닮아 있다.

어릴 적 우리 집에는 다락방이 있었다. 친구들을 데리고 놀러 와 안방 안에 있는 다락방을 오르내리며 놀곤 했다. 다락방으로 올라가는 통로가 따로 있었던 것이 아니라, 어른 키 높이에서 위로 작은 문이 있었다. 그곳을 창고처럼 사용했다. 어른들이 이용할 때는 어떻게 다니셨는지 기억나지 않으나, 의자나 사다리를 이용하지 않았을까 생각한다. 나의 머릿속에는 후다닥 뛰어오른 기억만이 강하게 자리 잡고 있다. 엄마 키가 작긴 하나, 다락방의 위치가 엄마 키보다 높았다. 초등학교 4학년 때 집수리를 하며 다락방이 없어졌다. 그것으로 유추해보면, 내가 다락방을 드나들었던 건 초등학교 2학년에서 4학년 정도였다. 어떻게 그곳을 뛰어서 올라갔는지 여전히 의문이다. 어쨌든 친구들이 오면 그곳을 뛰어오르고 뛰어내리며 시간 가는 줄 모르고 놀았다.

그 당시 엄마가 시장에서 장사하셨는데, 가끔 집에 들르실 때가 있었다. 그때는 친구들과 또 후다닥 다락방에서 뛰어 내려왔다. 엄마도 알고 계셨기에, 친구들에게 조심히 놀라고 이야기하셨고 나에게도 친구들과 다락방에 올라가지 않았으면 좋겠다고 하셨다. 다칠 수도 있으니까 말이다. 지금 생각해보면 누구 하나 다치지 않은 것이 천만다행이었다.

처음엔 화장실도 마당에 재래식 화장실만 있었다. 이후에 집수리를 하고 집안에 수세식 화장실도 마련되었지만, 재래식 화장실도 그대로 두었다. 초등학교 때 집으로 돌아가는 길에 우리 집보다 더 멀리서 사는 친구가 있었다. 화장실을 이용해도 되냐고 해서, 두 곳 모두 알려주었더니 재래식 화장실을 이용하고는 새롭다면서 놀라기도 했다. 집에 화장실도 두 개 있어서 나름 뿌듯해하며 이야기했던 기억이 난다. 요즘엔 화장실이 두 개 있는 곳이 흔하지만, 그때 당시에는 그렇지 않았나 보다. 두 개라는 사실보다는, 재래식 화장실도 있다는 사실을 더 당당하게 생각했던 것 같다. 지금 생각하면 웃음이 나지만 철없던 그때는 별것 아닌 것도 별것 있는 양 즐거웠던 시절이다.

지금은 거실과 방 3개로 일반 가정집처럼 되어 있다. 처음 이사 왔을 때는 방이 4개였고, 제일 작은 방을 제외하곤 방 옆에 작은 부엌들이 각각 붙어 있었다. 그래서 두 집이나 세를 주면서 함께 생활했다. 뒷방에 젊은 아저씨가 살고 있었고, 큰방과 가까이 있었던 곳엔 젊은 신혼부부가 살기도 했다. 그 젊은 신혼부부는 매일 집에 있는 나를 예뻐해 주셨고, 간식도 가끔 챙겨주셨다. 그 신혼부부가 살던 방에 작은 고모네가 잠깐 살았는데 그때도 재미있었다. 매일 집에서 부모님이 오실 때까지 혼자 있다가, 고모가 대부분 집에 계셨고 사촌 동생 둘까지 함께였다. 당시에는 가까운 시장이 번화했고, 우리가 사는 집에도 사람들이 많이 드나들었다. 동네 아이들도 많았기에 함께 늦게까지 뛰어놀며 온 골목을 누비고 다녔다. 그때를 떠올리니 지금의 쓸쓸함이 느껴지는 것도 같다.

지금은 재개발이 예정되어 있기도 하고, 동네 사람들도 많이 떠났다. 처음부터 재개발이 먼저 시작될 수도 있었는데, 20여 년 전 그리고 10여 년 전에도 두 번이나 재개발이 시도되었다가 무산되고 나서는 기약이 없다. 뒤늦게 다른 지역이 개발에 착수하여 이미 아파트까지 입주한 상태이다. 언젠가는 우리 집까지 재개발이 되는 순간이 올 수도 있겠지만, 저출산 등의 현재 상황을 보면 그것도 한참 뒤의 일일 것이다.

어린 시절과 젊은 시절의 추억들이 많이 남아 있는 곳이라 정이 많이 간다. 매번 나의 추억만 생각했는데, 부모님께서 그 집에서 보낸 기간들을 생각하니 더욱 마음이 아려온다. 부모님 40대 시절부터 현재 70대의 삶까지 대부분 삶을 그곳에서 보내신 것이다. 자녀들을 키우고, 이곳에서 손자 손녀들과의 추억까지 쌓으셨다. 지붕부터 바닥까지, 수돗가며, 방마다, 집안 곳곳 부모님의 손길이 남아 있다. 집에 대한 부모님의 애정을 쉽게 논할 수는 없겠으나, 무릇 짐작만 해볼 뿐이다.

우리 아이들에 대한 추억에도 그 집이 배경이 된다. 첫째를 낳은 후 집에 바로 가기 무서웠던 초보 엄마인 나는 친정집으로 갔다. 산후조리원에도 있었으나, 퇴실 후 거의 오십 일 정도까지 아기를 더 키워서 집으로 돌아갔다. 살고 있던 집도 가까워서 신랑도 왔다 갔다 하며 지냈다. 둘째 때도 으레 당연히 산후조리원에서 나와서 친정집으로 갔다. 아이 둘을 보기는 또 처음이기도 하고, 신생아는 여전히 어려워 엄마의 도움을 요청하게 되었다. 그때도 아이 오십 일 정도에 집으로 돌아갔다. 셋째 때는 그래도 양심이 있어 산후조리원에서 나오면 우리 집으로 갈 계획이었다. 첫째, 둘째가 기다리다 보니 산후조리원에서의 기간도 한 주로 줄였다. 수술 회복 기간을 포함하여 거의 2주를 병원과 산후조리원에 있었다. 그 사이에 아이가 어린이집에서 수족구병을 옮아 왔고 아이 아빠까지 옮았는지 열까지 났다. 갓 태어난 신생아를 데리고 우리 집으로 갈 수는 없었다. 열이 나고 일주일이 지난 상황이었지만, 신랑의 남은 출산휴가 동안 아이 둘을 데리고 신랑은 집에 남아 있기로 했다. 이번에도 다행히 신생아 돌볼 때 엄마의 도움을 받을 수 있었다. 아기와 함께 친정집으로 오고 이삼 일 뒤에 첫째, 둘째도 왔다. 온 김에 셋째를 며칠 더 키워서 가기로 했다. 그렇게 세 아이의 신생아 시절은 모두 친정에서 보냈다. 집으로 돌아와서도 거의 백 일까지는 부모님께서 우리 집에 자주 들러주셨다. 부모님이 안 계셨다면 세 아이를 키워내지도 못했을 것이다.

아이들도 부모님 집을 좋아한다. 좋아하는 할머니 할아버지가 계신 곳이기에 그렇다. 자주 찾아뵙기도 했고, 자신들을 아껴주시는 할머니 할아버지와의 추억도 마음속에 남아 있을 것이다. 지금의 집에서 언제까지 계실지는 모르겠으나, 있는 동안 더 많은 추억을 쌓아야겠다. 부모님이 계시는 동안 더 편안하게 계실 수 있도록 신경도 써야겠다. 부모님의 젊은 시절, 나의 어린 시절뿐만 아니라 우리 아이들의 어린 시절까지 품고 있는 그 집이 참 사랑스럽다. 부모님의 사랑만큼이나 따뜻한 그곳이 정겹고 소중하게 다가온다.

그냥 편하게 드나들던 친정집이었다. 가만히 바라보고, 조용히 생각해보는 시간을 가졌더니 더욱 소중하게 다가온다. 그동안 지나치고 있었던 행복한 추억들도 떠올랐다. 이제는 친정집을 드나들며 이전과는 또 다른 느낌이다. 한 번의 발걸음마다 더 애정 어린 눈길로 바라보게 된다. 이러한 게 그 집만은 아닐 것이다. 나에게 어떠한 소중한 것이 더 있는지 찾아보게 된다. 함께하고 있는 많은 것들을 그전과는 다른 시선으로 바라보게 된다. 친정집에 대한 나의 시선이 달라진 것처럼.

김효진

살아가며 쓰는 많은 물건이 세상과 나를 연결해준다. 물건에 대한 애착이 별로 없는 편이라고 생각했다. 아무래도 잘못 생각했나 보다. 쓰지도 않는 여러 색의 펜과 메모지와 노트가 한가득 있는 걸 보면 말이다. 평소 생각지도 않던 사물에 대해 글을 쓰고 보니 글에 담지 못한 모든 물건이 소중하다는 생각이 든다. 어떤 물건이든 세상과 이어주고 추억하게 하며 안정을 주기도 한다. 어떤 의미와 가치를 부여할지는 물건을 쓰는 당사자에게 달려 있다. 소중하게 쓰면 소중해지고 감사하며 쓰면 모든 것이 감사하다.

백란현

라이팅 코치로서 글을 잘 써야 한다는 부담을 느낀 적 있다. 잘 쓰는 작가가 되는 것도 좋지만 가장 많이 공저에 참여하여 다작하는 작가가 되겠다고 마음먹었다. 사물과 사람을 떠올리면서 나에게 소중한 사람이 많다는 점을 발견했다. 자이언트 가족에 대한 고마움, 할아버지의 사랑에 대한 그리움을 글에 담고자 고심했다. 함께 쓰면서 자신을 드러낸 코치들의 원고를 읽으며 친밀감을 느꼈다. 공저자 라이팅 코치들과 함께 성장하고 싶다. 집필 기간 격려한 모습처럼 이후 코치 업무에서도 서로 응원하고 돕길 기대한다.

서한나

늘 마주하는 것을 새롭게 보는 방법이 여러 가지가 있지요. 그중 하나가 글쓰기라는 것이 새삼 느껴졌습니다. 무엇을 글로 쓸지 생각하니, 주위를 하나하나 살피게 되더라고요. 자세히 보다 보니 잊고 지냈던 것도 떠올랐습니다. 좋은 추억이 많았습니다. 회상하며 살지 않았을 뿐입니다. 기억을 떠올리다 보니 내 인생 참 예쁘다고 생각했습니다. 사물의 글쓰기를 쓰는 한 달간 떨렸습니다. 삶에 대한 애착이 커집니다. 앞으로가 기대됩니다. 주위에 의미 있는 것들이 많으니, 내 인생 얼마나 더 근사해질까요.

이선희

나를 도와준 내 친구 사물들이 주변에 이렇게 많은 줄 몰랐다. 시집살이 힘들 때 나에게 한줄기의 소나기가 되어서 휘둘리는 마음을 잡아준 인생 책 한 권이 있었다. 그리고 추억의 캐릭터 사진은 오랫동안 손주 유한이의 인생행로가 되어 길을 밝혀줄 것이다. 그랜저는 내 나이만큼 중후하고, 침착하고, 현명하게 나를 도와주고 있다. 오늘도 노트북은 글쓰기 도구로 쓸모를 다하고 있지! 개천에서 용 나기까지 주위의 친구들 메기, 꺽지, 버들치들이 돕는다고 하는데. 고맙다 친구들아! 너희가 있어서 내가 요만큼 산다.

이정화

스트레스를 받으면서 했던 주식은 책 쓰기 수업을 통해 떨쳐버릴 수 있었다. 핸드 드립 커피를 마시면 N 동생이 생각난다. 책에서 배우고, 힘을 얻고, 도전을 하게 해준 고마운 책은 보물로 오랫동안 함께 나의 곁을 지킬 거다. 학창 시절 엄마의 빈자리를 대신 채워준 할머니의 손길도 잊지 않는다. 모든 순간이 나를 지금 이 자리에 있게 해준 소중한 시간이다. 감사함을 잊지 않고 살 것이다. 라이팅 코치로서 생각하고 글 쓰고 나누는 삶을 살기 위해 처음 도전한 공저 책이다. 두 번째 공저 책의 주제도 기대가 된다.

정은주

오늘 하루가 글감이며, 삶이 모여 책이 됩니다. 매일 마주하는 사물들이 나를 살리는 도구였습니다. 다리가 부러졌을 때 책을 목발 삼아 걸었습니다. 아픈 다리로 전국을 운전했습니다. 부부 사이, 건조기 수건처럼 뽀송뽀송해졌습니다. 돌아가신 부모님 생각하며 마음속 옷장을 열었습니다. 이제 보입니다. 작은 것 하나라도 나를 도와주는 물건임을. 모든 것이 소중합니다. 지금 힘들다 하시는 분, 주변을 돌아보십시오. 내 물건에 의미를 부여하면 새롭게 보일 것입니다. 힘내십시오.

최경희

기억하고 싶지 않은 과거의 나를 쓸 때 눈물 났습니다. 아픈 감정을 되살리고 싶지 않아서 쓰지 못하고 있었습니다. 작가로 살겠다는 꿈을 빨리 펼치지 못한 것도 그 때문입니다. 그 순간들 때문에 지금 내가 있다는 것을 알게 되었습니다. 글로 써야 진짜 나를 만날 수 있습니다. 과거의 슬픔, 트라우마도 나의 일부분으로 받아들입니다. 사물을 바라보는 관점이 달라졌습니다. 선풍기를 보면 아들의 말이 생각나고, 치유센터 테이블을 보면 당시 에피소드가 글로 떠오릅니다. 주위의 모든 사물들이 특별해졌습니다.

최주선

주로 사람 이야기를 글로 쓴다. 사물을 주제로 쓰자니 뭔가 딱딱하다는 기분이 들었다. 쓰다가 알았다. 내게 의미 있고, 삶의 흔적이 되는 사물이 꽤 많다는 사실을 말이다. 사물의 기억을 따라가다 보니 마음과 만났고, 사람과 만났다. 결국, 연결이었다. 익숙하고 당연한 듯 내가 사용하는 물건, 별 느낌 없이 매일 사용하는 것들을 보며 감사가 나왔다. 의미가 다르게 다가왔다. 때때로 일부러 의미를 부여해보는 시간이 필요하다. 나를 둘러싼 모든 환경, 사물, 사람에는 스토리가 있다. 스토리는 풀어내야 한다. 기록하면 풍성해진다.

홍혜숙

사물에 대한 글쓰기, '무엇'이라는 사물과 연결하는 글쓰기를 해보았다. 이번 글쓰기는 평범한 일상에서 가족의 소중함을 알게 해주었다. 사물은 사람과 연결되고 그것은 곧 사랑으로 이어져, 힘든 일이 있어도 사랑하는 가족이 있어 극복해 나아갈 수 있다. 앞으로 용기를 내 아이 셋과 함께하는 라이팅 코치의 삶을 살고 싶다. 희랍 신화에 나오는 '피에리아의 샘물'을 마시고 싶은 누군가에게, 도움을 줄 수 있는 라이팅 코치의 삶으로써 행복을 쟁취하고 싶기 때문이다.

황현정

사물의 글쓰기. 주위에 수많은 물건들이 있음에도 어떤 이야기를 할 수 있을지 처음엔 막막했다. 하나씩 관심을 가지고 사물들을 살펴보다 보니, 그 속에서 수많은 이야기가 떠올랐다. 사물에 대한 이야기이지만 결국은 사람에 대한 이야기이다. 사물에 담겨 있는 추억과 함께했던 시간, 함께했던 사람들이 있었다. 사물을 통해 사람을 보고, 사람을 통해 사물을 본다. 주위에 있는 모든 사물들을 사랑해야겠다. 삶과 시간, 소중한 추억, 그리고 함께했던 사람들이 무수히 녹아 있기 때문이다.